谭朝霞　彭　创　主编

加速康复外科护理指南

学苑出版社

图书在版编目（CIP）数据

加速康复外科护理指南 / 谭朝霞，彭创主编. -- 北京：学苑出版社，2021.10

ISBN 978-7-5077-6268-6

Ⅰ．①加… Ⅱ．①谭… ②彭… Ⅲ．①外科手术—康复—指南②外科手术—护理学—指南 Ⅳ．①R609-62 ②R473.6-62

中国版本图书馆 CIP 数据核字(2021)第 189438 号

责任编辑：黄小龙
出版发行：学苑出版社
社　　址：北京市丰台区南方庄 2 号院 1 号楼
邮政编码：100079
网　　址：www.book001.com
电子邮箱：xueyuanpress@163.com
销售电话：010-67601101（销售部）67603091（总编室）
印 刷 厂：英格拉姆印刷(固安)有限公司
开本尺寸：710mm×1000mm　1/16
印　　张：9.5
字　　数：114 千字
版　　次：2021 年 10 月第 1 版
印　　次：2021 年 10 月第 1 次印刷
定　　价：38.00 元

前　言

加速康复外科（enhanced recovery aftersurgery，ERAS）理念由丹麦Henrik Kehlet 教授于 1997 年提出，迄今不过二十多年，已经风靡全球，被各国广泛接受，究其原因，是其顺应了时代的要求，能为政府管理机构、医院和病人带来切实便利。国家卫健委《关于开展加速康复外科试点工作的通知》（国卫办医函〔2019〕833 号）要求在全国范围开展加速康复外科试点工作，以点带面逐步在全国推广加速康复外科诊疗模式，提高医疗服务效率，提升医疗资源利用率，改善患者就医体验，进一步增强人民群众获得感。

湖南省卫健委医政医管处对此高度重视，委托湖南省健康管理学会加速康复外科专业委员会，在 2020 年对全省 14 个地州市中的 11 家市级医疗中心进行了加速康复外科工作评估和现场考核，以评促建。评估表明，部分医护人员对加速康复外科理论体系、组织机构运行模式、病房建设流程及加速康复外科工作制度和标准的理解仍有欠缺。

本书是湖南省人民医院在成功举办两期"加速康复外科理念在肝胆外科中的应用"国家级继续教育学习班的基础上，查阅国内外相关文献，并结合医院肝胆外科长达 8 年的加速康复外科临床实践经验编撰而成，详细阐述了加速康复外科的术前、术中、术后的监测与管理，围手术期疼痛管理，围手术期活动管理，围手术期营养支持与饮食管理，围手术期血栓预防等内容，并加入了健康教育、延续护理服务、管道护理等内容，是拟开展加速康复外科临床实践的医院管理者、外科医生、护士的参考用书。

在本书编写过程中，编者们精雕细琢、反复修改，付出了辛勤劳动。由于水平有限、时间仓促，书中疏漏之处在所难免，敬请广大读者和同行赐教。

彭创

湖南省人民医院外科教研室主任、外科主任

2021 年 7 月 1 日

目 录

| 第一章 |

加速康复外科护理现状

第一节　加速康复外科理念新进展

加速康复外科（enhanced recovery aftersurgery，ERAS）是外科医学领域的一个新概念和新实践，最早又称快通道外科（fast track surgery，FTS）、加速康复路径（enhanced recovery pathways）、加速康复项目（enhanced recovery program）等。所谓 ERAS，是指基于循证医学依据提出的关于围手术期处理的一系列优化措施，目的是减少手术病人的生理及心理创伤应激，尽可能减轻手术病人的机能损伤和促进其机能恢复，达到快速康复。其围手术期处理措施主要包括：术前宣教；肠道准备不作为术前常规；缩短禁食禁水时间；优化麻醉方案；积极采用外科微创技术；避免常规应用鼻胃管；避免术中低体温；限制性液体输注；积极处理术后疼痛和恶心呕吐；术后早期下床活动；术后早期经肠道进食进水等。衡量加速康复外科治疗模式效果的指标主要是术后住院日、术后并发症发生率、住院费用及 30 天内再入院率。

ERAS 概念最早由丹麦哥本哈根大学 Henrik Kehlet 教授于 1997 年提出，

随后欧美等国家便开始开展关于加速康复的大量研究，其中以 ERAS 在结直肠疾病中的应用最为经典。随着加速康复外科理论的成熟，近年已被逐步推广应用到几乎所有的普通外科手术及心胸外科、妇产科、泌尿外科和骨科等外科专业领域。2005 年欧洲临床营养与代谢学会（ESPEN）在卢森堡大会提出了统一规范的结直肠手术 ERAS 围手术期整体管理方案，奠定了 ERAS 的基础。2010 年，欧洲成立了 ERAS 学会，制定了结直肠切除术、胃切除术、胰十二指肠切除术、根治性膀胱手术等 ERAS 专家共识与指南，进一步促进了 ERAS 在全世界的普及和发展。在最先推广 ERAS 的苏格兰，已建立了 ERAS 数据库，涵盖苏格兰所有医院的手术患者。修改的 ERAS 指南已经应用于其他专科，包括妇科、胸血管外科、儿科、泌尿外科、减肥与整形外科，以及最近涉及的食管切除术和结肠癌肝转移手术。

2007 年，中国工程院院士黎介寿教授将 ERAS 理念引入我国，中国人民解放军原南京军区南京总医院率先开展对 ERAS 的临床研究与探索。近年来，ERAS 在国内已经得到相当的重视，并取得了一定的进展。2015 年我国成立了 ERAS 协作组，并于 7 月在南京召开了第一届全国 ERAS 大会。同年，中华医学会肠外肠内营养学分会发布了《结直肠手术应用加速康复外科中国专家共识（2015 版）》，自此，相关领域的 ERAS 专家共识与指南相继诞生，如肝胆外科领域的《肝胆胰手术加速康复外科中国专家共识（2015 版）》《胆道手术加速康复外科专家共识（2016 版）》《肝切除术后加速康复中国专家共识（2017 版）》。2016 年 6 月，由普通外科、麻醉科、胸心外科和神经外科共同完成的《中国加速康复外科围手术期管理专家共识（2016）》发表，2018 年，又进一步推出《加速康复外科中国专家共识及路径管理指南（2018 版）》。国内这些陆续颁布的 ERAS 专家共识极大提升了中国医务人员对 ERAS 研究的热情，ERAS 近期成为专业学术会议上最热门的主题之一。

目前，ERAS 的国内外研究主要集中在成人外科相关领域。国内外学者虽然已经在小儿外科领域开展了 ERAS 相关研究，然而，在病儿中实施的 ERAS 管理方案大多是借鉴成人外科的成功经验而改良的，主要原因是现阶段小儿外科领域关于 ERAS 的临床研究较少，尚不足以形成高级别循证医学证据支持的 ERAS 实施共识及指南。

黎介寿院士指出，ERAS 的未来发展需要实现"二无"（无应激、无痛）或"三无"（无应激、无痛、无险）的手术理念，而提高治愈率、减少后遗症是一种更理想的目标。

第二节　加速康复外科护理应用目的及进展

ERAS 涵盖了外科学、麻醉学、营养学、康复医学、护理学及心理学等，即多学科协助（multi disciplinary team，MDT）形式，护理是 ERAS 的重要组成部分。自 ERAS 开展以来，相关的临床专科及麻醉等专业均有了各自领域的专家共识及指南，2019 年，由国内护理专家共同推出了加速康复外科护理实践专家共识，填补了护理领域方面的空白。

目前，国外护理学界尚未对 ERAS 护理给出确切概念，仅提到 ERAS 护理是在 ERAS 的基础上发展而来，为保证 ERAS 的实践效果而进行的护理行为。国内学者认为，ERAS 护理优化整合最新的护理理念，以整体护理为基础，以循证护理为依据，以护理干预为措施，实施临床护理路径，建立 ERAS 护理程序，控制和减轻疾病的病理、生理反应，从而达到加速患者康复的目的。

大量研究已证实，ERAS 能减少手术创伤及应激，降低手术并发症，促进患者快速康复，缩短住院时间，降低住院费用，提升医疗服务质量，节约医疗资源，促进医患关系和谐，实现国家、医院、个人多赢的局面。

ERAS 使护士的工作重点更强调对病人提供大量的信息及健康教育，包括手术计划、麻醉、疼痛、出院与家庭康复等方面。另外，ERAS 的各项优化措施都基于循证医学证据的支持，因此，也要求临床护士具备较高的评判性思维能力和循证实践能力。

护理对于 ERAS 的实施起到了至关重要的作用，在国外，许多国家已经有了 ERAS 专科护士，如澳大利亚。专科护士能够更好地满足病人各方面的需求，如专业信息的提供能更好地缓解病人的焦虑心理、加快病人术后康复等。国内也有学者通过设立导航护士（nurse navigator）的岗位来解决多学科合作实施 ERAS 中团队内各学科间无缝衔接、措施实施的评估和反馈以及治疗效果的监控等问题。正如 Kehlet 医生在《自然评论 - 胃肠病学和肝病学》上提到的：目前的问题已经不再是讨论加速康复外科治疗模式是否优于常规外科治疗，而是讨论如何确保进一步规范和优化并执行加速康复外科的相关策略。

目前，国内学者在研究 ERAS 护理的优势时，常常与传统外科护理方法进行比较，有学者在此基础上将预康复护理、出院后延续性护理融入其中，丰富了 ERAS 护理的内涵，优化了 ERAS 围手术期护理，更加注重患者是一个整体的理念。

在传统护理模式向 ERAS 护理转变发展中，护士起着重要的作用，在未来需要更多的外科护士掌握 ERAS 理念及其护理方式，并且要向着专业化发展，同时也要迎接挑战，因为护士的角色、工作方式等有可能发生变化。

| 第二章 |

加速康复外科体系构建

第一节　加速康复外科组织结构

一、ERAS 工作指导小组构架

组长：院长

副组长：主管医疗、护理副院长

组员：医务部、护理部、信息部、医保科、麻醉科、药学部、营养科、康复科各临床科室主任、各临床科室护士长

二、ERAS 工作指导小组职责

1. 制定 ERAS 临床路径、示范病房创建活动方案、管理制度，将其纳入工作日程并组织实施，负责示范病房各项规章制度在科室内执行到位。

2. 组织专家对参与示范病房科室定期监督、检查、指导和评估。

3. 定期对科室医护人员进行常规培训。

三、ERAS 科室小组职责

1. 在 ERAS 工作指导小组领导下，按照小组职责，推动开展具体工作。

2. 指导推动 ERAS 临床路径建设。

3. 指导科室创建 ERAS 病房。

4. 对示范病房创建情况进行定期回顾总结，并推动落实后续工作。

四、支持部门职责

1. 医务部职责：

（1）执行督导职责，密切跟进各科室项目执行情况。

（2）定期进行项目情况总结，组织沟通会，持续推动项目发展。

（3）协调各部门工作。

2. 药学部职责：

（1）处方点评。

（2）合理用药培训。

3. 护理部职责：

（1）定期开展护士培训。

（2）定期组织患者教育。

（3）定期进行患者随访。

4. 医保部职责：指导督查各项医疗措施符合国家医保政策要求。

5. 信息部职责：解决与医院病历平台联动的技术问题。

第二节　加速康复外科病房建设流程

1.建立加速康复多学科协作团队，以外科专家为主导的医护麻团队是当前国内主要的ERAS-MDT构建模式，科主任作为团队领导者，统领ERAS病房建设的运行和管理，在护士长的配合下成立筹备小组，确定ERAS项目的责任医生、责任护士。医疗秘书作为团队协调员，负责学科间联络、资料整理、会议安排、人员培训、实施过程的监督反馈等工作。MDT专家组成员、团队领导者及其他学科专家讨论制定专科ERAS标准化临床路径，并做好学科内部医务人员的知识技能培训，以病人手术康复为重心，各自负责相应专科情况的处理或治疗。

2.在ERAS-MDT团队成功建立的前提下，制定多层次、多样化的ERAS宣教模式，提高患者及家属的依从性，是ERAS顺利开展的保证。

3.建立围手术期加速康复外科全程管理制度，包括术前重要脏器功能的优化管理、围手术期营养支持的管理、饮食或肠内营养的管理、早期活动的管理、精准微创的术中管理、科学的管道管理、围手术期疼痛的管理等及严格的出院标准。

4.建立完善的督查制度，通过对ERAS各项措施的实施进行监督和管理，分析执行情况，不断地改进和优化实施流程，确保ERAS实施的规范化。

5.总结ERAS管理经验，积累特色病例，并在省内外各医院分享，让更多患者获益。

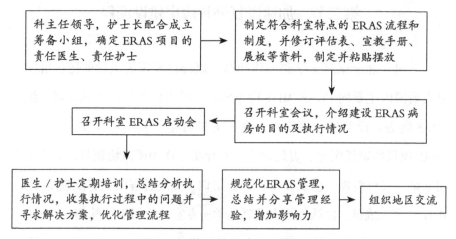

图 2-1　加速康复外科病房建设流程图

第三节　加速康复外科护理工作制度与标准

一、"ERAS 示范病房"工作管理制度

1. 病房由科室主任及护士长负责管理，各级医护人员应履行职责，并共同做好病区管理。科室主任作为该项目的重要负责人，要对本科室的各种项目按照 ERAS 标准示范病房要求进行检查。

2. ERAS 动态管理机制。患者入院后，医师和护士在一个小时内对患者进行评估，并在患者住院期间根据不同阶段进行持续动态管理。

3. ERAS 规范化诊疗流程

（1）预康复处理:择期手术患者在门诊开具住院证，到住院部预约床位，候床期间即进入加速康复外科院前干预环节，医护人员筛查与处置患者健康问题；入院后完善所有检查，有异常及时处理并复查，根据结果评估是否可以手术;有特殊用药史的患者，需遵医嘱停药或改药，再拟安排手术；

术前戒烟，常规进行心肺功能锻炼，如吹气球、深呼吸、每日慢步行走3000米等，必要时邀请心内科、呼吸内科、内分泌科、神经科、老年病科等有关科室医生进行会诊，根据具体情况选择下一步治疗方案；长期带管的患者或行血培养、引流液培养提示有感染者，使用抗生素和/或高压氧治疗；进行营养筛查，有营养不良风险的患者进行营养治疗。

（2）术前护理：包括术前宣教、术前戒烟戒酒、术前访视与评估、术前营养支持治疗、术前肠道准备和术前禁食禁饮等。

（3）术中护理：包括术中保温、术中微创、预防性抗生素的使用、优化麻醉方式、控制性输液等措施。

（4）术后护理：包括术后疼痛管理，术后恶心、呕吐的预防与治疗，术后饮食管理和术后早期下床活动等。

4. 落实患者知情同意制度，履行病情告知义务，尊重患者知情同意的权利。实施 ERAS 加速康复规范化管理前，向患者及其家属告知加速康复管理的目的、流程和意义，强调 ERAS 旨在通过围手术期的优化处理措施，以减轻患者心理和生理的创伤应激反应，从而缩短住院时间、降低医疗费用。

5. 建立健全医护人员培训制度并做好培训记录。建立医护人员定期培训制度，医护人员每月开展一次加速康复规范化管理培训；按照 ERAS 相关指南和诊疗规范要求，印制 ERAS 操作手册，并保证相关人员人手一册。

6. 建立患者宣教制度。每月至少开展一次 ERAS 宣教讲座和科普培训，发放患者宣教手册，对患者及其家属开展 ERAS 相关知识宣教；设立创建"ERAS 示范病房"活动公示、加速康复管理知识宣传栏，定期更新宣教内容。

7. 建立会诊制度。根据患者病情需要，组织心内科、呼吸内科、内分泌科、神经科、老年病科、营养科、麻醉科、康复科等有关科室医生进行会诊，制定适宜的诊疗方案。

8.建立随访制度，对出院患者提供延续性护理服务。成立随访小组，专人负责；出院后定期对患者进行随访、评估和记录；出院患者随访率不低于90%。

二、ERAS 术后疼痛管理和质控制度

1.构建疼痛三级护理管理梯，即疼痛质控护士—院级疼痛质量委员会—护理部三级护理管理模式。

2.三级护理管理职责和内容

（1）护理部：指导、支持、监督疼痛质量委员会的工作。

（2）疼痛质量管理委员会：①制定专科疼痛护理管理标准，制定全院统一的标准化疼痛评估表，内容涵盖疼痛时间、疼痛性质、疼痛部位、疼痛程度，在患者入院、发生病情变化及行有创治疗后按要求对患者进行疼痛评估，疼痛评估应体现标准化、专科化；②建立疼痛护理质量管理流程、方法、考核标准，对各临床科室疼痛护理管理工作进行指导，并定期对各临床科室疼痛护理管理进行考核，收集数据，进行问题分析和成效审查；③及时掌握疼痛护理学科发展方向，定期举行专委会会议，参会人员包括专委会全体委员及全体联络员，内容包括知识培训、考核情况通报、年度工作总结等。

（3）疼痛质控护士：①每季度参加一次疼痛质量管理委员会会议，反馈疼痛护理质控工作存在的问题和改进措施，反馈对本护理单元疼痛护理管理存在的问题或疑惑；②每月对本护理单元的疼痛护理质控内容进行自查，科会上反馈自查情况，全科护士一起分析原因、提出整改措施等，护士长须不定期考核本护理单元疼痛护理质量；③按时完成科室癌痛患者的出院随访工作。

表 2-1　医院疼痛护理质量管理考核评价标准表

检查日期：_____科室：_____总分：_____检查人：_____护士长签名：_____

项目	检查内容	分值	扣分标准	存在问题及扣分	得分	整改措施
科室组织管理（12分）	科室有疼痛护理联络员，并能履行职责	2	一项不符合要求扣1分			
	科室每季度组织进行疼痛知识培训，并有记录	2	一项不符合要求扣1分			
	对新入职护士进行疼痛知识培训，并有记录	2	一项不符合要求扣1分			
	疼痛知识培训内容包含疼痛评估工具使用、疼痛评估流程、疼痛健康教育、疼痛处理措施及效果评价、疼痛护理记录书写、疼痛人文素质	6	一项不符合要求扣1分			
疼痛评估工具（14分）	采用医院统一的外科、内科或重症监护疼痛评估表	3	不符合要求扣3分			
	疼痛评估工具的选择应符合患者需求	4	不符合要求扣4分			
	护士会正确使用疼痛评估工具	4	不符合要求扣4分			
	同一个病人使用同一个评估工具	3	不符合要求扣3分			
疼痛评估方法（26分）	疼痛评估时机：疼痛作为第五大生命体征，应遵医嘱在病人入院、发生病情变化及行有创治疗后进行疼痛评估	6	一项不符合要求扣2分			
	疼痛评估内容：时间、性质、部位、程度	8	一项不符合要求扣2分			
	疼痛评估频率：无痛（疼痛评分为0）不需要进行评估；轻度疼痛（疼痛评分≤3分）一天评估一次，连续三天评估为轻度疼痛则无须再评估；中度以上（疼痛评分＞3分）应半小时后复评一次直到评估患者为轻度疼痛（疼痛评分≤3分）	12	一项不符合要求扣4分			

（续表）

项目	检查内容	分值	扣分标准	存在问题及扣分	得分	整改措施
处理措施（20分）	处理措施包括药物治疗及非药物治疗	4	不符合要求扣4分			
	疼痛评估结果应及时告知医生并遵医嘱采取相应措施。轻度疼痛，以非药物治疗为主，辅助药物治疗的处理措施；中度以上疼痛应及时告知医生并遵医嘱以药物治疗为主，辅助非药物治疗的处理措施	9	一项不符合要求扣3分			
	采取处理措施30分钟后应进行效果评价	3	不符合要求扣3分			
	护士对疼痛评估的结果及处理措施具备评判性思维	4	一项不符合要求扣2分			
疼痛知识健康教育（14分）	科室有疼痛知识健康教育资料	3	不符合要求扣3分			
	病人及家属能配合医务人员进行疼痛评估	3	不符合要求扣3分			
	病人及家属会正确使用自控镇痛泵：1.会观察药物剩余量；2.会加大用药剂量；3.知道加大药物剂量的间隔时间；4.出现恶心、呕吐等不良反应时会通知医务人员	4	一项不符合要求扣1分			
	病人及家属知晓镇痛药物的不良反应：恶心、呕吐、头晕、低血压	4	一项不符合要求扣1分			
疼痛护理文书书写（14分）	疼痛护理文书书写包括疼痛评估表、护理记录	4	一项不符合要求扣2分			
	疼痛护理文书书写应全面、及时、准确、连续	8	一项不符合要求扣2分			
	疼痛评估表与护理记录相符	2	不符合要求扣2分			

三、ERAS 术后康复质控标准

1. 根据《加速康复外科中国专家共识及路径管理指南（2018 版）》关于 ERAS 管理的原则和主要内容，结合临床经验，制定 ERAS 管理目标达成核查表。

2. 内容分为术前管理和术后管理。术前管理包括入院宣教、术前戒烟戒酒、术前访视与评估、术前营养支持治疗、术前肠道准备和术前禁食禁饮六个内容。术后管理包括营养管理、疼痛管理、早期活动、静脉血栓预防、早期拔除引流管五个方面的内容，核查时间从术后第一天持续至术后四天后，细化每日评估的重点，术后第一天核查内容包括疼痛评分、术后预防静脉血栓形成、氦氖激光治疗、气道护理、少量饮水、拔除胃管、间断夹尿管、坐起 1 小时、血糖＜ 12 mmol /L；术后第二天评估内容包括疼痛评分、流质饮食、拔除尿管、床旁活动 1 小时、血糖＜ 12 mmol /L；术后第三天评估内容包括疼痛评分、半流饮食、胃肠道是否通气、室内行走、血糖＜ 12 mmol /L；术后四天以后评估内容主要包括疼痛评分、术后饮食和术后活动。

3. 各组护理质量由组长负责，护理组长负责本组护士的培训与考核，小组之间进行交叉质控。责任护士利用"ERAS 管理目标达成核查表"在患者的围手术期内实时核查，确保各项 ERAS 围手术期策略有效执行。责任组长利用"ERAS 管理目标达成核查表"做不定时检查，护士长每天抽查 1 ～ 2 例患者落实当天的项目内容完成情况，对执行薄弱项目和执行薄弱人员进行连续监控、分析和指导，以达到持续改进的效果。

表 2-2 ERAS 管理目标达成核查表

姓名：_____ 性别：_____ 年龄：_____ 床号：_____ 住院号：_____ 入院日期：_____

入院诊断：	Wsterlow's 评分：	BMI（kg/m²）：		自理能力评分：
	ERAS 措施	达成情况		完成人
术前管理	入院宣教	□ERAS 宣教 □心理护理 □关注科室微信公众号		
	戒烟戒酒	□无嗜好 □戒烟酒＞2 周 □戒烟酒＜2 周		
	呼吸训练	□吹气球，_____次/天 □呼吸运动，_____次/天 □呼吸训练器，_____次/天		
	体能训练	□室内步行，_____圈/天		
	并发症处理	□无并发症 □血压控制 □血糖控制 □其他并发症		
	肠道准备	□无 □缓泻剂		
	术前饮水	□水 □葡萄糖水		

（续表）

手术日期：		手术方式：		PCA 泵：□有 □无
术后管理	POD1	达成情况	疼痛评分： 自理能力评分：	完成人
	术后抗凝	□无抗凝措施 □低分子肝素 □空气压缩泵		
	氦氖激光治疗	□是 □否，原因：		
	气道护理	□指导拍背 □指导有效咳嗽排痰		
	少量饮水	□是 □否，原因：		
	拔除胃管	□是 □否，原因：		
	间断夹尿管	□是 □否，原因： □尿管已拔除		
	坐起 1 小时	□是 □否，坐起____分钟 □超额完成：坐起____分钟，下床____分钟		
	血糖＜ 12 mmol /L	□0：00 □6：00 □12：00 □18：00		
	POD2	达成情况	疼痛评分： 自理能力评分：	完成人
	流质饮食	□是 □否，原因：		
	拔除尿管	□是 □否，原因：		
	床旁活动 1 小时	□是 □否，坐起____分钟 □超额完成：下床____分钟		
	血糖＜ 12 mmol /L	□0：00 □6：00 □12：00 □18：00		
	POD3	达成情况	疼痛评分： 自理能力评分：	完成人
	半流质饮食	□是 □否，原因：		
	是否通气	□是，通气时间：术后____小时 □否，原因：_____		
	室内行走	□是，____圈 □否，坐起____分钟，下床____分钟		
	血糖＜ 12 mmol /L	□0：00 □6：00 □12：00 □18：00		
	POD4 以后	达成情况（选填）：未达成以上相关项目需填写		
	术后饮食	饮水： POD____天 流质：POD____天 半流质：POD____天 固体：POD____天		
	术后活动	坐起 1 小时：POD____天 床旁活动：POD____天 室内行走：POD____天		
胃管拔除时间：		尿管拔除时间：		
术后首次通气时间：		回室后____天，方式（□自然通气□开塞露□穴位注射）		
术后首次排便时间：		回室后____天		
并发症		（术后____天）□压疮 □胰漏 □胆漏 □肺部感染 □出血 □其他		

四、"ERAS 示范病房"术后康复随访制度

1.建立出院患者信息登记档案,内容包括:姓名、年龄、住址、联系电话、临床诊断、手术方式、治疗结果、出院诊断和随访情况等内容,以上内容由患者住院期间的主管医生负责填写。

2.随访范围包括所有出院后需院外继续治疗、康复和定期复诊的患者。

3.随访方式包括电话随访、网络随访和接受咨询、居家护理上门服务,随访内容包括:了解患者出院后的治疗效果、病情变化和恢复情况,对患者进行如何用药、如何康复、何时回院复诊、病情变化后的处置意见等专业技术性指导。

4.随访时间应根据患者病情、术式和治疗需要而定,出院后 2 周内随访 1 次,需长期治疗的慢性患者或疾病恢复慢的患者每个月至少随访 1 次。

5.随访者由患者住院期间的主管医师和责任护士负责。随访情况由主管医师、责任护士按要求填写在出院患者信息档案中随访记录部分,并根据随访情况决定是否与上级医师和科主任一起随访。

6.随访时,随访者应仔细听取患者或家属意见,采纳合理化建议,做好随访记录。

7.随访中,对患者的询问、意见,如不能当即答复,应告知相关科室电话号码或帮其预约专家。

8.随访内容

首次随访内容:出院后患者基本状态是否良好、手术创面恢复情况、术后患者活动功能恢复情况、饮食恢复情况、治疗药物注意事项、药物不良反应初步报告、患者心理变化及家属健康指导。

再次随访内容:手术创面恢复情况、术后患者活动功能恢复情况、饮食恢复情况、治疗药物使用情况、患者心理变化及家属健康指导。

9. 随访流程

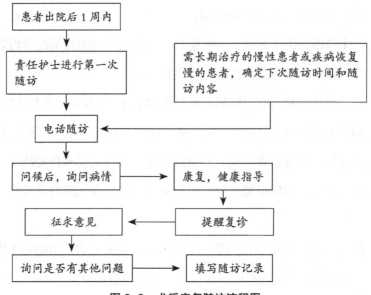

图 2-2　术后康复随访流程图

五、ERAS 病例收集表

所有好的外科实践均依赖于良好临床结果的监测与总结，这不仅有利于控制并发症及病死率，还有利于对研究计划进行反馈，总结资料并进行提高与教育。ERAS 病例收集内容应包括患者基本信息、诊断、病例的特点，以及收集病例的原因、病史、主要检查结果、诊疗经过等。

表 2-3　ERAS 病例收集表

病例收集时间		病例收集人		手术名称	
病人姓名		性别		年龄	
病例床位号		住院号		入院诊断	
收集原因					
病史					
体检					

（续表）

辅助检查	
病情分析	
诊疗计划	
特殊检查资料 （病理报告）	
照片和录像	
病例收集医师签名	

六、ERAS 护理年度总结

1.工作开展情况。例如成立 ERAS 示范病房；建立健全 ERAS 管理机制；ERAS 流程规范化。

2.取得的成效。例如通过收集的资料显示患者平均住院时间缩短，住院费用减少、并发症减少、患者死亡率降低、患者满意度提高。

3.存在的问题。例如科室成员水平参差不齐，对 ERAS 知识的了解存在差异，部分成员与患者沟通的能力尚欠缺；患者文化程度较低或存在语言沟通障碍，导致 ERAS 知识宣教达不到理想的效果。

4.改进措施。例如加强对科室成员专业知识和沟通技巧的培训和考核，建立奖惩机制；制作 ERAS 宣教视频，选择合适的宣教方式。

5.下一步目标。例如加强科研，注重论文的书写和新技术、新项目的申报；开展继续教育培训班，向其他医院宣传 ERAS 理念，提供相关知识和经验。

| 第三章 |

加速康复外科术前管理

第一节　院前干预

目前国内大型三级甲等医院普遍存在就医患者多，但医疗资源相对匮乏的问题。这些问题会导致患者门诊就诊、入院等待时间长，手术等待时间延长，最终住院满意度下降。因此实行院前干预非常必要。

患者在门诊就诊时，有手术指征，由医生开具入院证明，患者如有住院治疗意向则到入院服务中心登记，等待通知入院。候床期间即进入加速康复外科院前干预环节，医护人员筛查与处置患者健康问题，以期改善患者入院服务流程，缩短患者住院时间，提高床位周转率，提高患者满意度与就医体验。

一、评估患者健康问题

1.门诊护士对患者进行初级评估。询问患者既往病史、个人史及生活习惯，女病人要询问是否处于月经期和末次月经时间，择期手术应避开月经期。

2.评估内容

（1）评估患者营养状况，采用住院病人营养风险筛查评估表（nutritional risk screening 2002，NRS 2002）（见附录一）进行全面的营养风险评估。对存在营养风险的患者，入院前即进行口服营养补充。

（2）评估患者心理状况与睡眠状况，采用焦虑自评量表（见附录二）、抑郁自评量表（见附录三）、匹兹堡睡眠质量指数（见附录四），对患者进行心理干预，减轻紧张焦虑情绪。

（3）评估患者尤其是65岁以上老年患者心肺状况。

二、健康指导

1.告知患者关注相关的微信公众号，向患者介绍"加速康复计划"的具体环节，从促进患者快速、优质康复的角度出发，围绕影响预后的相关因素，结合患者个体特点，针对性进行健康指导。

2.告诫患者戒烟、戒酒。针对性进行健康指导，改变患者不良生活习惯，让患者产生"不如此，就如此"的理念，如不戒烟，就会增加术后呼吸系统并发症，从而提高患者参与度与依从性。

3.对高血压、糖尿病患者，记录其用药情况，指导用药、定时监测及调整，以保证术前各项数值的稳定。嘱咐患者记录每日血压及血糖值，待入院当日交医护人员。

4.对于围手术期使用有禁忌证的药物，如阿司匹林等抗凝药物及糖皮质激素等，应提前在专科医师指导下停药或改药。

5.指导患者进行心肺锻炼：指导患者进行缩唇呼吸、腹式呼吸及使用呼吸训练器；指导患者进行有氧运动及抗阻训练，如慢走、健身操、呼吸训练操、爬楼梯等。

第二节　入院管理

患者入院应热情接待，主班护士为患者佩戴腕带，做好医保审核工作，并通知医生查看病人。责任护士带患者至床旁，向患者及家属介绍病区环境及医护人员，告知患者医院的规章制度及病房的周围环境、设施，让病人更快地熟悉病室环境，积极配合治疗和护理。

一、入院评估

根据患者病情全面收集资料，做好专科入院评估，评估的内容具体如下：

1. 常规测量体温、脉搏、呼吸、血压、体重。

2. 询问既往健康史如患病史、过敏史、家族史、服药史。重点询问患者有无服用阿司匹林等抗凝药物或者糖皮质激素等围手术期有使用禁忌的药物，如有服用需在专科医师指导下停药或改药。

3. 记录患者年龄、性别、病史、患者住院的主要原因和临床表现。

4. 询问既往病史、个人史及生活习惯，女病人要询问是否处于月经期和末次月经时间，择期手术应避开月经期。

5. 记录专科的腹部体征及临床表现。

6. 评估患者营养状况，计算患者的体重指数并采用 NRS 2002（见附录一）进行全面的营养风险评估。对存在营养风险的患者，对其进行营养支持。

7. 评估患者心理状况与睡眠状况，采用焦虑自评量表（见附录二）、抑郁自评量表（见附录三）、匹兹堡睡眠质量指数（见附录四），对患者进行心理干预，减轻紧张、焦虑情绪。

8. 评估社会情况如环境影响、家庭态度及经济承受能力。

9. 评估患者的皮肤状况，进行压疮危险因素评估（见附录五）。

10. 对患者进行跌倒、坠床风险评估（见附录六）。

11. 对患者进行血栓栓塞症风险因素评估（见附录七）。

12. 对患者进行自理能力评估（见附录八）。

13. 对患者进行疼痛评估（见附录九）。

14. 对患者进行术前气道风险评分（见附录十一）。

二、入院处置

1. 建立患者信息：床头牌信息、饮食标识、药物过敏标识、安全识别标识。

2. 根据评估结果，对患者进行疾病知识指导及预康复训练。对于有跌倒/坠床高危风险、压疮高危风险、血栓高危风险的患者采取有效的预防措施。

3. 对轻度焦虑以上的患者进行心理干预，减轻紧张、焦虑情绪。

4. 协助患者尽快完善术前检查，有异常及时处理、复查。

5. 对患者进行入院宣教，通过面对面交流、书面（展板、宣传册）和多媒体方式，指导患者关注科室微信公众号，告知患者围手术期各项相关事宜。主要宣教内容包括告知患者麻醉及手术过程，减轻患者对麻醉和手术的恐惧和焦虑；告知患者 ERAS 方案的目的和主要项目，鼓励患者术后早期进食、术后早期活动、宣传疼痛控制及呼吸理疗等相关知识，增加患者对方案实施的依从性；告知患者预设的出院标准；告知患者随访时间和再入院途径。

6. 带管入院的患者或行血培养、引流液培养提示有感染者，使用抗生素和或高压氧治疗。

7. 有便秘情况的患者，指导服用乳果糖通便。

8. 针对糖尿病患者监测血糖，控制不佳者，申请内分泌科医生会诊后遵医嘱使用降糖药物，争取空腹血糖控制在 8 mmol/L 内，餐后血糖控制在 10 mmol/L 以下（最低要求）。

9. 针对高血压患者监测血压，控制不佳者，申请心内科医生会诊后遵医嘱使用降压药物。

10. 合并有乙肝的患者，查乙肝 DNA，酌情进行抗病毒治疗。

第三节 术前预康复

预康复起初主要用于提高应征新兵的身体状态从而达到入伍标准，后来用于竞技运动训练中以减少运动员的损伤，最后预康复被广大学者作为 ERAS 术前优化的新策略引入医学领域。它主要指在术前阶段对患者采取康复措施提高患者的机体功能，使其适应手术应激过程，以期达到减少患者术后并发症、缩短住院时间和减少费用的目的。预康复是一个相对笼统的概念，主要以体能锻炼、营养优化、控制感染、心理教育等措施为主要手段，根据病人术前不同的自身状况，预康复的实施重点也有所差异。

1. 体能锻炼。术前积极的体能锻炼是预康复的重要组成部分，其目的是增强病人心肺功能。心肺功能评分较低，会增加术后 30 天内的病死率，积极地进行术前锻炼可显著改善预后。体能锻炼的方式有有氧训练及抗阻力训练，包括肢体训练和呼吸训练，如慢走、健身操、呼吸训练操、爬楼梯等。根据入院评估的结果对个人制定针对性的体能锻炼计划，采用由慢至快、有低到高、循序渐进的原则。

2. 营养优化。影响手术病人顺利进入 ERAS 路径，且增加手术并发症风险的另一因素是营养不良，因此应根据患者入院术前营养评估的结果对患者进行营养优化。营养优化的饮食应以高蛋白、低脂肪食物为主。肠内营养粉剂由于符合代谢生理特征，能够维护肠黏膜结构与屏障功能，并富含各类营养物质，是优秀的营养优化剂。

3. 预防控制感染及并存疾病处理。外科感染是手术并发症的重要风险因素。在围手术期医学的理念中，潜在感染源的预防与控制是关注的重点，如吸烟导致的慢性支气管炎、结核杆菌感染导致的肺结核等均应在术前进行积极的处理，尽可能在术前消除感染源。另一方面，对于存在严重感染性疾病的抗感染处理也在疾病治疗中发挥重要作用，严重感染意味着细菌大量繁殖并释放大量毒素，产生坏死组织，生成的大量炎性因子将导致血管内皮损伤，激活凝血和纤溶系统，使微血管通透性增加，影响微循环灌注和器官功能。术前如果感染源未得到有效控制，即使手术成功也可能难以挽救病人生命。

4. 心理教育。根据患者心理状况的评估结果，对患者进行心理干预。患者大多都对住院和手术感到紧张和恐惧，对麻醉和手术过程感到焦虑或忧伤。术前心理教育主要包括知识宣教、有效沟通，运用心理护理的知识给予心理支持，缓解患者焦虑情绪，消除恐惧。

第四节 术前准备

1. 麻醉医师和手术室护士对患者进行术前访视。麻醉医师应充分评估麻醉风险：仔细询问病人病史（包括伴随疾病、手术史、过敏史等），进行美国麻醉医师协会（ASA）病情分级、气道及脊柱解剖的基本评估。患者手术室护士了解患者基本情况，向患者进行相关手术过程的宣教，预估术中可能出现的问题，通过评估与宣教缓解患者焦虑情绪，为手术的顺利进行打下良好基础。

2.术前肠道准备：机械性肠道准备可致水电解质的丢失及紊乱，增加手术应激及术后并发症。Meta 分析显示，机械性肠道准备不能使病人获益，并未降低术后并发症的发生率。近年来有研究显示，机械性肠道准备联合口服抗生素可显著降低手术部位感染。

（1）对于胃手术，术前疑有横结肠受累拟行联合脏器切除的病人，仍建议术前清洁肠道；有慢性便秘的病人，建议术前给予生理盐水灌肠，以免术后出现排便困难。

（2）对于择期结直肠手术，美国加速康复与围手术期质量控制学会不推荐单独进行机械性肠道准备，推荐口服抗生素联合机械性肠道准备作为术前常规措施。对于择期右半结肠切除及腹会阴联合切除手术，不建议术前常规进行机械性肠道准备。而对于择期左半结肠切除及直肠前切除手术，可选择口服缓泻剂（如乳果糖等）联合少量磷酸钠盐灌肠剂。对术中需要肠镜定位或严重便秘的病人，术前应予充分的机械性肠道准备，并建议联合口服抗生素。

（3）对于不涉及胃肠道操作，且术前机械性肠道准备对于患者是应激因素的，不需要进行肠道准备，仅对于少数严重便秘的患者考虑术前肠道准备。

3.术前禁食、禁饮：术前禁食禁水的目的在于全麻诱导时胃彻底排空，降低呕吐反应和反流误吸的风险。术前禁食禁水时间过长可致急性炎症反应、胰岛素抵抗等应激反应。胃手术病人传统术前饮食管理要求禁食 12 小时、禁饮 6 小时，但并未降低返流误吸发生率，反而导致病人不适、胰岛素抵抗及循环容量下降等不良结果，术前行机械性肠道准备者更为显著。美国及欧洲麻醉学会均推荐术前 6 小时禁食、2 小时禁饮。术前 6 小时虽可口服固体食物，但不包括油炸、脂肪及肉类食品；2～3 小时可口服含碳水化合物饮品，但须是无渣清亮饮料。将传统术前 12 小时禁食、6 小时禁饮的时间延后有助于缓解手术应激，减少手术及饥饿导致的胰岛素抵抗。

4. 术前进行床上大小便训练。床上排尿的方法：创造私密的环境，嘱咐患者放轻松、深呼吸。有尿意时，平卧或半坐卧于床上，必要时听流水声。还可按摩、热敷下腹部，诱导排尿。女性病人可在会阴部下方垫纸巾，避免污染床单位。床上排便方法：创造私密的环境，抬高床头，正确使用大便盆，病人坐于便器上，双腿屈膝，用小腹的力量进行排便；保持大便通畅，形成排便习惯；病情较重者勿用力排便，在排便时深呼吸，以防病情突变；便秘者应在术前缓解便秘。

5. 术前皮肤准备：既往认为术前剃毛备皮可去除皮肤表面污垢及暂居菌，降低切口感染的风险。新近研究发现剃毛备皮破坏皮肤完整性，易引起皮肤微小擦伤，增加术后切口感染的发生。皮肤清洁既能保持皮肤完整性，亦不增加切口感染率。因此常规手术只需进行皮肤清洁，对于术区毛发浓密者可进行相应剪毛或脱毛处理。

6. 其他准备

术前个人卫生准备：

（1）术前晚洗头、洗澡，更换干净病员服；修剪指甲、胡须；卸妆；涂抹指甲油的女病人须将指甲油清洗干净。

（2）手术当天按要求穿好病员服等。

（3）取下身上可以取下的物品，如戒指、项链、发夹等金属物品，假牙、眼镜等。

（4）术前晚，不常规使用安定等镇静药物，评估患者心理及睡眠情况，需要可适量给予。

| 第四章 |

加速康复外科术中管理

第一节　生命体征的监测与管理

1. 体温的管理

麻醉对维持正常体温的调节中枢有抑制作用，麻醉时周围血管扩张增加散热，而肌松药通过消除肌震颤阻碍产热。手术室的低温环境，手术过程中皮肤、器官的暴露，以及手术过程中输入大量与手术室等温的液体，均可引起术中低体温。术中低体温会引起患者出血量、耗氧量增加，增加术后伤口感染机会，严重的低体温甚至引起神经系统、心血管系统、呼吸系统等的变化。而术中保温处理可以降低伤口感染、心脏并发症的发生率，降低出血和输血需求，提高免疫功能，避免低温引起的应激反应及凝血功能障碍，缩短麻醉后苏醒时间。

术中保温措施：

（1）术中加强对患者体温的监测。

（2）应根据手术情况调节室温，通常维持在 21 ℃～ 25 ℃。

（3）有效的被服、包布遮盖，可减少体温的散失。在不影响无菌操作原则的前提下，盖被尽量覆盖患者。

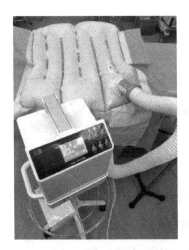

图 4-1　术中保温可在患者身下铺循环水变温毯

（4）患者身下铺循环水变温毯，保持核心体温的恒定，有助于减少低体温发生的潜在危险。

（5）当术中失血量增加等可能引起患者低体温的情况发生时，立即使用充气加温仪等加温设备，术中使用的腹腔灌洗液等应用温箱加热至 37 ℃后再使用，血制品可用加温仪输注。

2. 血压的管理

血压是判断心血管功能最常用的方法。准确、及时地监测血压，对于术中了解病情、指导心血管治疗和保障患者手术安全具有重要意义。术中血压不仅受神经因素、血管因素影响，术中血容量、药物、出血量都会直接影响血压。

血压管理的措施：

（1）术中袖带血压与动脉血压对比有差距时，应查看所有的导线连接是否恰当，有无脱落。动脉导管反折、阻塞等都会影响血压的观察。

（2）加强手术医师、麻醉师和护理人员协作，当使用影响血压类药物时，积极配合，采取应对措施。

（3）术中出血量多时，密切关注患者血压变化，积极补充血容量，防止低血压的发生。

（4）密切观察患者尿量的变化，当尿量减少甚至无尿时，尽管血压正常，仍应积极排除补液和泌尿系统的影响。观察是否有大量出血而引起的血压代偿性升高。

3. 心率的管理

术中心率增快的原因：术中神经系统受损、术中出血过多均会引起心率增加以代偿循环血量的不足；而患者麻醉太浅、术中有痛感，或者局部麻醉患者过于紧张时都会引起心率增加。

术中心率减慢的原因：全身麻醉状态及术中使用利多卡因等药物时都会引起心率减慢。

术中心电图改变的原因：随着手术的进行和患者病情的变化，会引起心电图的改变，如心动过速、心动过缓、房室传导阻滞、房性早搏、室性早搏，甚至室速、室颤等。

心率管理的措施：

（1）随着手术的进行或患者进入麻醉状态，必须密切观察患者心率的变化。

（2）配合麻醉师使用平稳心率的药物。

4. 呼吸的管理

（1）术中影响患者呼吸的因素：吸入麻醉药、静脉麻醉药，以及阿片类药物均能抑制呼吸，并且抑制二氧化碳排出，引起通气增强反应；术中使用呼吸面罩、喉罩、气管插管等均会影响患者的呼吸；不同术式也会引起患者呼吸的变化，尤其是腹部外科及胸部外科的手术；手术体位的摆放不仅要便于医生操作，还要顺应呼吸功能，不当的体位将影响患者的呼吸，严重时可造成呼吸循环功能衰竭。

（2）呼吸管理的措施：密切观察患者呼吸的变化，随着手术的进展，关注患者呼吸肌的运动；随时查看患者的喉罩、面罩等是否固定，有无人机对抗、呛管的情况，特别是患者本身有慢性阻塞性肺疾病（COPD）、睡眠呼吸暂停综合征（SAS）等呼吸系统疾病时；当患者出现病情变化时，及时使用对呼吸改善有效果的药物，调整好呼吸机参数。

5. 瞳孔的管理

正常瞳孔直径为 3～5mm，直接对光反射和间接对光反射都正常。当患者出现神经系统病变、眼视神经疾病、光线改变等均会引起瞳孔直径的改变。一般局部麻醉患者瞳孔直径和对光反射不受麻醉药物的影响。但静脉全麻患者处于麻醉状态后，患者的瞳孔会处于固定、对光反射减弱或者消失状态，当麻醉苏醒时，瞳孔直径会恢复，对光反射也将恢复。

瞳孔管理的措施：

（1）瞳孔的观察主要是术前和术后的观察、对比。

（2）手术中在做好眼保护的同时，也要监测瞳孔的变化。当患者术中出现病情变化时，特别是神经系统的手术，可以通过瞳孔的变化判断患者的病情。

第二节　术中常规护理措施

1. 术中无菌管理

严格的消毒灭菌制度和无菌技术操作规程，是外科病人治疗成功的关键。术中无菌管理应做到严格执行无菌原则，合理安排手术台次；加强对无菌物品的管理；增强无菌管理意识，加强无菌操作练习；严格手术区皮肤的消毒管理；定期进行各种细菌监测。

2. 术中管道的管理

术中管道的管理直接影响患者术后的治疗和康复，对于术前已经留置的管道，术中应查看管道是否妥善固定，固定处局部皮肤情况；保持管道引流通畅，观察引流液颜色、性状及量；放置的位置应不影响手术医生的操作及液体的输注，随着手术操作的进行和患者体位的改变，巡回护士应该及时调整各管道的位置。

对于术中留置的管道，巡回护士应与手术医生确认管道的名称，并做好标记；及时对管道进行妥善固定，防止管道脱落；及时连接引流袋，注意是否需要负压；观察引流液颜色、性状及量，做好术后转运患者时交接的准备。

3. 皮肤、黏膜的保护

患者处于麻醉状态时，皮肤、黏膜、肌肉处于松弛的状态，手术病人由于术中持续受到无法通过改变体位而缓解的局部组织压力、使用手术辅助治疗器械、长时间的持续麻醉状态及术前禁食等多种原因的作用，极易造成术中获得性压疮。术中使用的仪器设备也容易造成患者皮肤完整性受损。患者皮肤完整性受损不仅降低了病人的生活品质，耗费了大量的医药、护理资源，也增加了患者术后感染发生的机会，给患者造成疼痛，影响患者术后康复，延长患者住院时间。

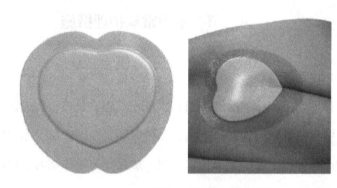

图 4-2 可采用凝胶辅料保护皮肤、黏膜

术中皮肤、黏膜保护措施：

（1）术中调节好室温，一般维持在 21 ℃～ 25 ℃，根据患者的情况采取综合保温措施。

（2）巡回护士术前应熟悉患者的体位并做好预防皮肤受压的措施，对患者受压部位及骨隆突处予以泡沫敷料保护。

（3）对患者受压部位进行局部按摩，促进血液循环。

（4）对于暴露的皮肤黏膜及时采取覆盖措施，尤其是眼睛，对术中眼闭合不全的患者，应采用凝胶辅料保护。

（5）特殊体位引起的受压，应针对性地调整体位。

（6）因导管引起的受压，应采取减张减压固定。避免固定于患者骨隆突、皮肤破损及红肿硬结处，术中随着手术方式、体位的改变应及时查看管道固定情况，受压时间大于 2 小时应更换部位。

（7）气管插管处的口塞，应避免长时间压迫口唇黏膜。

（8）对于水肿、皮肤黏膜比较薄弱的患者，应避免因使用电极片引起的撕脱伤。

（9）术中使用止血带时，应定时松解，防止加压时间超过 2 小时引起皮肤血管病变。

4. 药物、血制品的管理

药物的管理：术中用药一般随患者一起入手术室，术中药物使用时同样遵循"三查八对"原则，使用药物时，应与麻醉师和手术医生确认患者手术进度和病情后方能使用。

血制品的管理：术中需要使用血制品时，巡回护士应按血制品的输注原则，与麻醉师共同核对并及时输注，对于不能立即输注的血制品，可暂存低温箱。输注过程中要观察患者。未使用完的血制品，应按"三查八对"

原则严格交接班。

5. 术中心理管理

手术间的氛围不仅应严肃紧张，也要有人文关怀。患者进入手术室要热情问候，减轻患者恐惧。对于术中清醒的患者，巡回护士应随时询问患者感受及需求等，及时满足。尽量减轻噪音，不随便议论患者病情。对患者采取积极的干预措施，比如心理疏导、听音乐等，使患者感到舒适，增加患者满意度，减少术中术后焦虑、紧张情绪，提高治疗的依从性，增加疾病恢复的信心。

6. 术中仪器设备的管理

仪器设备的正常、正确使用，直接影响手术的进展。巡回护士术前应检查仪器设备的性能，术中也要随时查看仪器设备的参数、使用情况。根据手术医生方位的调整，及时调整仪器设备的位置。术中保持导线不受压、不返折，以免引起仪器的故障。

第三节　加速康复外科术中部分核心项目及措施

1. 手术方式与手术质量

根据病人、肿瘤分期以及术者的技术等状况，可选择腔镜手术、机器人手术系统或开放手术等。创伤是病人最为重要的应激因素，而术后并发症直接影响到术后康复的进程，ERAS 提倡在精准、微创及损伤控制理念下完成手术，以减小创伤应激。术者尤应注意保障手术质量并通过减少术中出血、缩短手术时间、避免术后并发症等环节促进术后康复。术中注意无菌及无瘤操作原则。

2. 预防性抗生素的使用

预防性应用抗生素有助于降低择期腹部手术术后感染的发生率，其使用原则如下：

（1）预防用药应同时包括针对需氧菌及厌氧菌。

（2）应在切开皮肤前 30 分钟～ 1 小时输注完毕。

（3）单一剂量与多剂量方案具有同样的效果，如果手术时间＞ 3 小时或术中出血量＞ 1000 mL，可在术中重复使用 1 次。

3. 麻醉方式的选择：可采用全身麻醉、硬膜外阻滞、全麻联合硬膜外阻滞等麻醉方案。中胸段硬膜外阻滞有利于抑制应激反应、减少肠麻痹，利于术后快速苏醒、术后良好镇痛、促进肠功能恢复。切皮前，常规应用罗哌卡因浸润皮肤。

4. 引流管放置：放置引流管因为疼痛因素将影响患者的早期下床活动。腹部择期手术病人术后使用腹腔引流并不降低吻合口瘘及其他并发症的发生率或减轻其严重程度。因此，不推荐对腹部择期手术常规放置腹腔引流管。对于存在吻合口瘘的危险因素，如血运、张力、感染、吻合不满意等情形时，建议留置腹腔引流管。引流管留置时间不宜过长，应尽早拔除。

5. 鼻胃管的留置：传统路径中，留置鼻胃管旨在加速肠道功能恢复，减少肺部并发症，降低吻合口瘘的风险。随机对照研究表明，术后不留置鼻胃管并未增加术后并发症发生率和病死率，且会缩短排气、进食时间和住院天数，择期腹部手术不推荐常规放置鼻胃管减压，可降低术后肺不张及肺炎的发生率。如果在气管插管时有气体进入胃中，术中可留置鼻胃管以排出气体，但应在病人麻醉清醒前拔除。

对于甲状腺手术术前判断肿瘤累犯咽部或食管的患者，建议术前或术中留置鼻胃管。

对于胃手术，ERAS 路径中不常规使用鼻胃管，如若使用，可在术中留置，如吻合满意，则可在术后 24 小时内拔除；若吻合欠满意，须兼顾血运同时加固缝合吻合口，并须在拔除鼻胃管前排除出血、吻合口瘘和胃瘫等风险。

6. 导尿管的留置：放置导尿管也将影响病人术后的早期活动，术后应尽早拔除导尿管。

7. 目标导向液体治疗：治疗性液体的种类包括晶体液、胶体液及血制品等。液体治疗是外科病人围手术期治疗的重要组成部分，目的在于维持血流动力学稳定以保障器官及组织灌注，维持电解质平衡，纠正液体失衡和异常分布等。研究表明，液体治疗能够影响外科病人的预后，既应避免因低血容量导致的组织灌注不足和器官功能损害，也应注意容量负荷过多所致的组织水肿。ERAS 提倡以目标为导向的液体治疗理念，根据不同的治疗目的、疾病状态及阶段，个体化制定并实施合理的液体治疗方案。

| 第五章 |

加速康复外科术后管理

第一节 术后评估

术后对患者进行全面、充分的评估是进行 ERAS 术后管理的基础。术后评估的内容如下。

1.术中情况：手术类型和麻醉方式、手术经过情况（出血及输血情况、输液情况、引流管放置情况）。

2.生命体征：评估患者神志、体温、脉搏、呼吸、血压、血糖。

3.疼痛：对患者进行疼痛评估（见附录九）。

4.切口状况：了解切口部位及敷料包扎情况，切口有无渗血、渗液。

5.引流管：了解引流管种类、数目、位置及作用，引流是否通畅，引流液量、性状、颜色等。

6.肢体功能：了解术后肢体感知觉恢复情况及四肢活动度。

7.体液平衡：评估术后患者尿量、各种引流的丢失量、失血量、术后补液量和补液种类等。

8.营养状态：采用"NRS 2002 住院病人营养风险筛查评估表"（见附

录一）进行术后的营养风险评估，评估术后患者每日摄入营养素的种类、量和途径，了解术后体重变化。

9. 术后并发症：评估有无术后出血、感染、切口裂开、深静脉血栓形成等并发症危险因素，对患者进行血栓栓塞症风险因素评估（见附录七）。

10. 评估患者心理状况与睡眠状况，采用焦虑自评量表（见附录二）、抑郁自评量表（见附录三）、匹兹堡睡眠质量指数（见附录四）予以评估。

11. 评估患者的皮肤状况，进行压疮危险因素评估（见附录五）。

12. 对患者进行跌倒、坠床风险评估（见附录六）。

13. 对患者进行自理能力评估（见附录八）。

第二节　术后管理

1. 术后早期进食进水，可促进肠道运动功能恢复，有助于维护肠黏膜功能，防止菌群失调和异位，降低术后感染发生率，缩短住院时间。手术麻醉清醒后即饮少量温开水，遵循以下原则：少量多餐、循序渐进，食材新鲜、食物多样，避免生冷食物；选用清淡、低脂、高蛋白类食物；摄取的食物以患者舒适为宜；从流质到半流质再到软食逐渐过渡，直至恢复普食。

2. 术后早期功能锻炼。术后早期功能锻炼可促进呼吸、胃肠、肌肉骨骼等多系统功能恢复，有利于预防肺部感染、压疮和深静脉血栓形成。术后早期功能锻炼从患者麻醉清醒即可开始进行，包括术后早期活动、肺部呼吸锻炼。早期活动由床上活动开始逐渐过渡至床旁活动、下床活动。肺部呼吸锻炼包括缩唇呼吸锻炼、腹式呼吸锻炼。术后早期锻炼以患者体力耐受为宜，活动量循序渐进；活动量目标、活动方案要依据患者情况、手术方式制定。

3.术后引流管护理：外科手术后患者常带有各种引流管，目的是将人体组织间或体腔中积聚的脓、血、液体导引至体外，有利于减轻伤口压力，防止术后感染，影响伤口愈合。同时通过观察引流的性状、量或者对引流液进行检测，判断手术区域是否存在出血、感染或消化道瘘等情况。

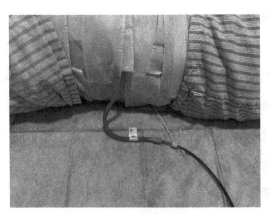

图 5-1　引流管固定

近年有研究表明，有些引流管的留置并不能减少术后并发症，也不能降低术后重新穿刺置管的发生率；同时早期拔管可以减少补液量，减少肺部感染、泌尿系统感染、粘连性肠梗阻和下肢深静脉血栓形成等并发症发生率，促进胃肠道的恢复。由于多种因素影响到术后引流管留置与否的临床转归，包括手术方式和技巧、手术切除部位、手术的复杂程度等，目前尚无确切的临床研究可以评估预防性引流管留置对病人术后康复的利弊权重。

因此，建议根据患者的具体情况留置引流管，术后若无出血、感染或消化道瘘等并发症，则尽早拔除。

——————————— **留置引流管需注意** ———————————

（1）心理护理：患者术后常带有多根引流管，引流液的流出常使患者产生各种顾虑，护士应向其说明引流的目的、意义及引流管的一般放置时间，以取得患者配合。

（2）病情观察：

①每一根引流管都应做好标识（注明管道名称、置管日期、长度），以便护士了解引流管的类别、部位及目的，便于观察及护理。引流管标识宜根据类型采用统一标识，以方便临床护士辨别及使用。

②观察引流液的颜色、性状及量，每日做好记录。

③观察患者腹部及全身的情况，以判断引流的效果。

（3）引流管固定：

①各种引流管出皮肤处应做好标记并妥善固定，并随时观察引流管是否有脱出。

②引流管远端应留出足够长度固定于床单上。

③护士为患者翻身时要注意保护引流管，防止拽出。

④对术后神志不清或躁动不安的患者，应有专人护理或用约束带将其双手约束固定，以防止引流管被拔出。

（4）健康宣教：指导患者翻身或活动时固定好引流管，防止脱出。引流袋应保持低于切口，防止逆行感染。

——————————————————————

4.术后疼痛护理：及时有效地进行疼痛评估，制定多元化镇痛治疗方案，如预防性镇痛、多模式镇痛、个体化镇痛等。采用评估—调整方案—再评估的方式评估镇痛效果，注意药物不良反应及并发症；调整药物剂量、联合用药或更换药物后，重新评估。

5. 预防和治疗术后恶心呕吐。成年女性、使用阿片类镇静药、非吸烟、有术后恶心呕吐史 / 晕动病史为术后恶心呕吐的高危因素。术前缩短禁食禁饮时间以及口服碳水化合物等对预防术后恶心、呕吐有一定帮助。不常规留置或尽早拔除鼻胃管，均有助于缓解术后恶心、呕吐症状。排除消化道畸形、梗阻、消化道功能紊乱等引起的恶心、呕吐，须遵医嘱使用止吐药。

6. 术后气道护理：使用雾化吸入、叩击排痰、体位引流等方法帮助患者清理呼吸道，尽早鼓励并协助患者进行有效咳嗽，合理使用黏液溶解剂促使痰液充分排出。必要时可以邀请呼吸治疗师干预，多学科合作进行患者气道管理。

7. 术后预防血栓：受手术、创伤等因素影响，术后患者常处于血栓高风险状态。术后应继续血栓三级预防。具体为：（1）持续的健康教育；（2）使用 Caprini 风险评估模型评估患者血栓发生风险，同时评估患者出血风险；（3）基础预防，如抬高患者下肢、适度补液、早期活动、推拿按摩、机体功能锻炼等；（4）物理预防：抗血栓弹力袜、间歇充气加压装置、足底静脉泵，根据患者受伤类型和受伤部位选择合适的物理预防措施；（5）药物预防，常见的抗凝药物有普通肝素、低分子肝素、维生素 K 拮抗剂、Xa 因子抑制剂、抗血小板药物，使用过程中应注意持续评估出血风险，谨慎使用。术后若患者出现静脉血栓栓塞症（VTE）相关的症状和体征，如肢体肿胀、疼痛、皮温升高等，应进行双下肢深静脉多普勒彩色超声检查。

表 5-1　加速康复外科术后实施流程

加速康复外科术后实施流程	D1	D2	D3	D4	D5	D6	D7
疼痛评分，镇痛使用 NSAIDs 类药物，避免或减少使用阿片类的止痛剂，镇痛时间延续至术后 72 小时	■	■	■				
注意输液量及速度	■	■	■	■	■		
检查血常规、电解质、肝功能、血糖等	■						
防止肺部感染、拍背、咳嗽，进行雾化、呼吸功能锻炼	■	■	■	■	■		
控制血压、控制血糖，必要时胰岛素泵入，血糖控制在 6～10 mmol/L，务必避免低血糖	■	■	■	■	■		
拔除胃管、导尿管，停心电监护等，进水或汤，坐立，床上活动，鼓励下床排便	■						
检查伤口有无积液，更换敷料，射灯照射	■						
在充分镇痛的情况下及早下床活动，进食菜汤或者米汤等半流质食物，给予乳果糖、胃复安、维生素 B₁、谷维素等促进胃肠功能恢复	■						
及早拔除引流管或者切口引流条，减少补液量		■					
复查血常规、电解质、肝功能、血糖等			■				
检查切口有无积液			■				
停用抗生素，给予营养治疗			■	■			
争取术后第五天至第七天出院					■	■	■

| 第六章 |

加速康复外科围手术期疼痛管理

第一节　概述

ERAS 以循证医学证据为基础，通过外科、麻醉、护理、营养等多科室协作，对围手术期处理的临床路径予以优化，其核心理念是缓解围手术期应激反应，降低手术与疼痛并发症的发生率，促进患者康复，缩短住院时间，提高患者满意度。而疼痛和睡眠障碍是影响患者围手术期加速康复的重要原因之一。

由于本身疾病以及外科手术创伤等因素，疼痛无疑是患者围手术期最为常见且恐惧的症状。尤其在腹部、心胸、骨科和妇产等手术类型中，术后疼痛的发生率更为常见。据统计，80％ 的手术患者有中到重度的术后疼痛。而疼痛控制不佳将会对多个重要脏器与系统产生不良影响，导致患者术后早期下床活动或出院时间延迟，阻碍外科患者术后康复，降低患者免疫功能，影响患者术后生活与睡眠质量。因此，疼痛管理是 ERAS 非常重要且不可或缺的环节之一。由于疼痛对患者的诸多不良影响和较高的发生率，当前无论是手术患者还是非手术患者，疼痛已成为继体温、脉搏、呼吸、血压四大生命体征之后的第五生命体征，同时也是临床护理工作中常规观测与评估的指标之一。随着现代护理理念的更新，术后疼痛引起了护理人员的高度重视，疼痛评估与管理已成为肝胆胰脾外科护理工作的重要内容之一。

围手术期疼痛管理的目的在于：①术前缓解由原发性疾病带来的疼痛，增加患者手术耐受力；②减轻术后疼痛，便于患者更早地进食和开展康复训练；③降低术后并发症，缩短住院时间；④提高患者对手术质量的满意度，加速康复。由于患者自身因素（如年龄、性别、所患疾病和基础疾病等）和手术方案与术式的差异性以及镇痛药物带来的可能副作用等因素，当前围手术期镇痛也提出个性化镇痛、预防性镇痛、多模式镇痛等相关理念与方案。采用合理的镇痛方案与用药，力争达到的目标是：①有效控制动态痛（VAS评分 < 3分）；②减免镇痛相关不良反应；③加速病人术后早期肠功能恢复，确保术后早期经口摄食及早期下地活动。由于目前快速康复理念的逐步普及和围手术期疼痛管理模式的改进，为了更好地实施ERAS，增强医护沟通和患者的满意度，需要临床护理人员掌握围手术期疼痛评估、镇痛理念与模式、镇痛药物相关副作用等内容。本章将对上述内容进行阐述。

第二节　疼痛评估工具及方法

一、疼痛评估工具

1.疼痛评估量表

疼痛评估的目的和原则：帮助患者设定个体化的疼痛控制目标，指导临床医生制订合理的治疗方案及药物选择方案。当前疼痛评估使用较广的量化工具包括数字等级评定量表（numerical rating scale，NRS）、视觉模拟评分（visual analogue scale，VAS），以及针对有沟通困难的老人和儿童使用的 WONG-BAKER 面部表情量表。也可以直接通过语言评价量表（verbal description scales，VDS）对疼痛程度进行分级，判断患者疼痛程度属于哪一级。由于当前仍然缺乏疼痛评估的客观指标与工具，因此在实施疼痛评估过程中应当遵循尊重患者的主诉和实施动态评估的原则，以评价镇痛方案的效果和指导后续疼痛管理。

（1）数字等级评定量表（NRS）

表 6-1　数字等级评定量表（NRS）

（2）WONG-BAKER 面部表情量表

表 6-2　WONG-BAKER 面部表情量表

2. 疼痛等级评分卡

表 6-3　疼痛等级评分卡表

疼痛等级	评分	临床表现	
无痛	0	无痛	
轻度疼痛	1～3	安静平卧不痛	1分：安静平卧不痛，翻身咳嗽时疼痛
		翻身、咳嗽	2分：咳嗽疼痛，深呼吸不痛
		深呼吸时疼痛	3分：安静平卧不痛，咳嗽深呼吸痛

（续表）

疼痛等级	评分	临床表现	
中度疼痛	4～6	安静平卧时疼	4分：安静平卧时间断疼痛（开始影响生活质量）
		影响睡眠	5分：安静平卧持续疼痛
			6分：安静平卧疼痛较重
重度疼痛	7～10	辗转不安	7分：疼痛较重，不安，疲乏，无法入睡
		无法入睡	8分：持续疼痛难忍，全身大汗
		全身大汗	9分：剧烈疼痛无法忍受
		无法忍受	10分：剧烈疼痛，生不如死

第三节 围手术期镇痛流程

一、围手术期镇痛原则

1. 规范化镇痛管理。普通外科手术的术后镇痛可纳入全院的术后疼痛管理架构中，成立全院性或以麻醉科为主的包括普通外科医师和护士在内的急性疼痛管理（Acute Pain Service，APS）小组，可有效提高普通外科围手术期的镇痛质量。

APS 小组的工作范围和目的包括：（1）治疗围手术期疼痛，评估和记录镇痛效果，处理不良反应和镇痛治疗中的问题；（2）进行术后镇痛必要性和相关知识的宣教；（3）提高手术病人的舒适度和满意度；（4）减少术后疼痛相关并发症。

2. 预防性镇痛。现代疼痛管理理念倡导预防性镇痛，即镇痛治疗从术前一直延续到术后一段时期，其方法是采用持续的、多模式的镇痛方式，达到消除手术应激创伤引起的疼痛，并防止和抑制中枢及外周神经的敏化。术前给予有效的麻醉或神经阻滞，并在疼痛出现前给予足够的镇痛药［如选择性环氧合酶 -2（COX-2）抑制剂］，以减少创伤应激、防止中枢敏化、降低痛阈值、减少术后镇痛药的用量和延长镇痛时间。

3. 多模式镇痛。多模式镇痛是指联合应用不同的镇痛方法和不同作用机制的镇痛药物，采用不同的给药途径，作用于疼痛发生的不同部位、时相和靶点，从而达到镇痛作用相加或协同的目的，减少药物的不良反应。多模式镇痛是目前较为理想的围手术期镇痛管理方案。目前，临床实践中推荐的联合用药方案包括阿片类药物分别与选择性 COX-2 抑制剂、非选择性非甾体抗炎药（non-steroid anti-inflammatory drugs，NSAIDs）和（或）对乙酰氨基酚等合用。普通外科围手术期多模式镇痛推荐在超声引导神经阻滞或椎管内镇痛的基础上，联合应用多种镇痛药物。对于采用自控镇痛的病人，应在自控镇痛药物结束后，建议继续口服或静脉使用 NSAIDs 药物以减轻术后残余疼痛。

4. 个体化镇痛。不同病人对疼痛和镇痛药物的反应存在个体差异，普通外科不同手术的疼痛强度和持续时间也存在较大差异，疼痛与手术部位、类型密切相关；应根据病人的疼痛程度，选择口服或静脉给药、硬膜外镇痛、病人自控镇痛（patient controlled analgesia，PCA）等不同镇痛方式。个体化镇痛应综合考虑各种因素，制定最优化的疼痛管理方案。此外，个体化镇痛还应考虑病人因素，使病人应用最小的药物剂量即可达到最佳的镇痛效果。有条件时，可检测基因多态性，进行疼痛程度分层管理，指导阿片类药物的使用。

5. 重视健康宣教：消除患者及家属的认识误区，使其了解术后镇痛药的使用不会影响切口的愈合。

6. 选择合理评估工具和动态评估：选用数字评价量表，用 0～10 数字的刻度标示出不同程度的疼痛强度等级，0 为无痛，10 为剧烈疼痛，1～3 为轻度疼痛（疼痛不影响睡眠），4～6 为中度疼痛（轻度影响睡眠），7 以上为重度疼痛（疼痛导致不能睡眠或从睡眠中痛醒）。

二、ERAS 围手术期镇痛的目标

1. 患者疼痛评分≤3分。

2. 24 小时疼痛频率≤3次。

3. 消除患者对手术恐惧及焦虑情绪。

4. 术后患者尽早进行无痛功能锻炼。

5. 降低术后并发症。

6. 提高患者对手术质量的整体评价。

三、ERAS 围手术期镇痛流程

1. 术前疼痛评估与教育。入院就实施疼痛评分，提前干预，制定预防性镇痛方案，进行术前宣教。

2. 术中麻醉及镇痛。选择适当的麻醉方式，尽量减少手术损伤。

3. 术后镇痛。及时有效地进行疼痛评估，制定多元化镇痛治疗方案，如预防性镇痛、多模式镇痛、个体化镇痛等。

4. 评估、调整方案、再评估。评估镇痛效果，注意药物不良反应及并发症；调整药物剂量、联合用药或更换药物后，重新评估。

5. ERAS 术后疼痛评估流程。

表 6-4　ERAS 术后疼痛评估流程

护士评估	患者自评
麻醉清醒后，护士实施疼痛评估，记录于疼痛评估表中	麻醉清醒后，患者首次自评，记录于患者自评表中
护士每日进行评估，记录于评估表中	患者每日自评3次，早上8：00前，下午14：00前，晚上20：00前，记录于自评表中
≥4分，通知医生给予必要处理；≥5分，Q4H评估；≥7分，Q1H评估，直至<4分	≥4分，告知护士，重新评估

第四节　围手术期镇痛用药方案

1. 术前预防镇痛：以对乙酰氨基酚和（或）NSAIDs 为基础，手术切皮前 15～30 分钟给予首次量。

2. 术中镇痛：采取胸腹腔镜微创手术方式、切口长效局部麻醉药物罗哌卡因阻滞者，手术结束前（缝皮前）再次给予 NSAIDs 类药物。

3. 术后充分镇痛：非甾体类抗炎药物被多个国家的指南推荐为基础用药，建议若无禁忌证首选 NSAIDs，NSAIDs 的使用可减轻术后疼痛强度、减少阿片类药物的用量，同时也可降低阿片类药物的不良反应发生率，不良反应有恶心、呕吐和过度镇静，但需考虑 NSAIDs 可能增加胃肠道出血风险、术后出血风险、结直肠手术吻合口瘘的风险及对肾功能的影响。

（1）轻度疼痛：①对乙酰氨基酚和局部麻醉药切口浸润；② NSAIDs 或 NSAIDs+ 对乙酰氨基酚和局部麻醉药切口浸润；③区域阻滞加弱阿片类药物或曲马朵，必要时使用小剂量强阿片类药物静脉注射。

（2）中度疼痛：①对乙酰氨基酚和局部麻醉药切口浸润；② NSAIDs 或 NSAIDs+ 对乙酰氨基酚和局部麻醉药切口浸润；③外周神经阻滞（单次或持续注射）配合曲马朵或阿片类药物进行静脉患者自控镇痛（PCIA）；④硬膜外局部麻醉药复合阿片类进行硬膜外病人自控镇痛（PCEA）。

（3）重度疼痛：①对乙酰氨基酚和局部麻醉药切口浸润；② NSAIDs 或 NSAIDs+ 对乙酰氨基酚和局部麻醉药切口浸润；③硬膜外局部麻醉药复合阿片类 PCEA；④外周神经阻滞或神经丛阻滞配合曲马朵或阿片类药物 PCIA。

4. 术后 5～7 天，应根据患者年龄、症状及对疼痛的敏感度适当增减镇痛药物剂量、使用时间。

5. 术后康复锻炼前，需保障充分镇痛。

第五节　围手术期镇痛用药副作用与防治

术后疼痛是多因素综合作用的结果，现今尚无单一的技术和药物既能达到满意的效果又能体现个体化需要，因此当前围手术期倡导多模式镇痛。多模式镇痛是指联合应用作用于疼痛传导通路中不同靶点及不同作用机制的镇痛药物或镇痛方法，以获得相加或协同的镇痛效果，减少药物剂量，降低相关不良反应，达到最大效应 / 风险比。因此要发挥多模式镇痛的理想效果，应熟知各类镇痛药物的适应证以及相关副作用。

术后镇痛药物包括：（1）作用于中枢的阿片类药物，如吗啡、氢吗啡酮、舒芬太尼等；（2）作用外周的镇痛药，如对乙酰氨基酚；（3）NSAIDs 类药物，如布洛芬、塞来昔布和氟比洛芬酯注射剂等；（4）局部麻醉药，由不同剂型和给药途径实施镇痛，如罗哌卡因、利多卡因等；（5）其他类镇痛药物，包括糖皮质激素、N– 甲基 –D– 天冬氨酸（NMDA）受体拮抗剂、α –2 肾上腺素能受体激动剂和钙通道阻滞剂等。

1. 阿片类中枢镇痛药物

目前阿片类药物如吗啡、氢吗啡酮、舒芬太尼等仍然是围手术期中、重度疼痛治疗的一线用药。但由于其临床使用的诸多副作用：（1）大剂量使用后的呼吸抑制，尤其是存在于呼吸功能障碍患者之中；（2）恶心、呕吐、便秘等消化道反应，最为常见且不利于胃肠功能恢复和早期进食；（3）镇静和认知功能障碍，尤其针对老年患者；（4）免疫功能抑制，强阿片类药物可造成免疫功能抑制，因此当前推荐多模式低剂量阿片类药物镇痛方案，建议阿片类药物低剂量、联合 NSAIDs 药物应用，能满足镇痛需求的情况下优先选择弱阿片制剂，建议常规联合非阿片药物和（或）区域阻滞镇痛，以达到节约阿片类药物用量和降低药物不良反应的效果。

2. 对乙酰氨基酚

对乙酰氨基酚是多模式镇痛的基础用药。使用时应遵循以下原则：谨慎选择（具有危险因素的患者如肝肾功能和凝血功能障碍者应慎重考虑选此类药物）；最低剂量起始，最短使用时间；使用质子泵抑制剂保护胃肠道；同时监测药物不良反应。对乙酰氨基酚对于有肝脏疾病史或大量酗酒者，剂量应减少 50% ～ 75%。与抗凝药联合使用，可增加其抗凝作用，需注意调整抗凝药的用量。许多复方制剂中含有对乙酰氨基酚（如泰勒宁为对乙酰氨基酚和羟考酮的复方制剂、复方感冒制剂、退热药等），此时应计算药物总量，避免药物过量。

3. 非选择性 NSAIDs 与选择性 COX-2 抑制剂

NSAIDs 主要作用机制是抑制中枢和外周 COX 和前列腺素（PGs）合成。根据对 COX 的作用选择，可将 NSAIDs 分为非选择性 NSAIDs 和选择性 COX-2 抑制剂。主要用于缓解轻中度疼痛，或作为多模式镇痛的基础药物与阿片类药物联用，节约阿片类药物用量，并降低阿片类药物不良反应，与区域阻滞镇痛联合，减轻反跳痛。NSAIDs 具有胃肠、血流动力学及肾脏等方面的不良反应，此类患者使用时应予以注意。一般认为 NSAIDs 的抗炎作用是通过抑制 COX-2 受体而实现的，在提供有效镇痛的同时，选择性 COX-2 抑制剂比非选择性 NSAIDs 具有更少的副作用。目前提供的 COX-2 抑制剂有塞来昔布、依托考昔和帕瑞昔布。术前给予 COX-2 抑制剂能明显减少患者术后疼痛，增加满意度，但需注意 COX-2 抑制剂的心血管不良反应。无禁忌证者，建议将 NSAIDs 作为术后多模式镇痛的基础用药，特别适用于切口痛和炎性痛治疗，严格控制使用时间和剂量，并监测胃肠道、肾脏和心血管不良反应。非心脏手术前建议口服塞来昔布。

4.局部麻醉药物

局部麻醉药的给药方式有表面麻醉、浸润麻醉、神经阻滞、关节腔内注射、全身用药以及经导管连续（硬膜外或神经）阻滞。通过置入导管至患者身体不同的部位（如皮下、关节内、硬膜外或外周神经）间断或持续注射局部麻醉药来治疗，可提供良好的术后疼痛效果。而新型局部麻醉药物罗哌卡因，可提供感觉运动分离的麻醉镇痛效果，即低浓度罗哌卡因（0.1%～0.2%）可提供良好的镇痛效果而不影响运动功能，尤其适合术后早期下床活动患者。临床使用过程中应注意避免局部麻醉药物血管内注射产生的毒副作用，尤其是神经系统与心脏毒性的产生。如发生局部麻醉药大剂量入血，应紧急采用20%中长链脂肪乳泵注，直至中毒症状（如抽搐、耳鸣、口周麻木等）消失。

5.其他药物

（1）糖皮质激素：如地塞米松具有的抗炎作用，可抑制各类手术炎性反应所致的疼痛和组织肿胀，围手术期给予适量的糖皮质激素增强多模式镇痛的效应，同时延长局部麻醉药物作用时间。对于有高血压、糖尿病以及内分泌系统疾患患者需慎用。

（2）NMDA受体拮抗剂：氯胺酮是唯一具有镇痛抗焦虑作用的麻醉药，同时研究表明，其具有减少阿片类药物耐受作用，可用于预防性镇痛与多模式镇痛协同用药。高血压、青光眼患者需慎用。

（3）α-2肾上腺素能激动剂：此类药物包括可乐定和右美托咪啶，目前国内只有右美托咪啶有单独的制剂。右美托咪啶可产生镇静、弱镇痛效应，无呼吸抑制作用。静脉或联合神经阻滞使用可改善术后疼痛，延长镇痛时间和减少术后镇痛药需求。围手术期低血压、尿潴留患者慎用。

（4）钙通道阻滞剂：由于手术难免损伤病变部位及周围的神经末梢，

造成局部神经的压迫和炎症反应，而某些神经病理性疼痛药物如钙通道阻断剂有特殊的疗效。代表性药物有普瑞巴林和加巴喷丁，可降低术后神经病理性疼痛发生率。常见副作用为嗜睡、头晕以及肢体水肿。

6. 非药物性镇痛方法

一些非药物镇痛方法联合药物镇痛已经开始应用于术后疼痛管理。常见的方法有：（1）抬高手术部位，有助于减轻水肿，缓解疼痛；（2）冷敷；（3）针刺疗法；（4）经皮神经电刺激（TENS）。这些方法副作用少，可以结合传统的药物治疗技术，作为多模式术后镇痛的一部分，尤其适用于传统镇痛技术失败和 / 或伴有严重药物相关副反应的患者。

| 第七章 |

加速康复外科围手术期活动管理

第一节 术前活动耐量评估及术前锻炼

研究显示，围手术期患者的体力活动减少是导致术后不良预后的独立危险因素之一。术前积极的体能锻炼是预康复的重要组成部分，其目的是增强病人心肺功能。心肺功能评分较低会增加术后 30 天内的病死率，积极地进行术前锻炼可显著改善预后。

老年围手术期病人是心肺功能储备不佳的高危人群，部分老年人虽然没有明显的心肺疾病症状，但手术应激所产生的心肺负荷远超过日常生活对心肺功能的需求，因而术中或术后可出现心肺功能不全，这也是"高龄"成为大多数手术禁忌证的原因。据欧洲胸心外科协会（EACTS）2011 年报告，老年人因心肺功能不全导致的围手术期低氧血症发生率为 15%～53%，术后肺部感染的发生率为 1.3%～17.5%，术后心血管事件的发生率高达 37%。可见，盲目对此类病人实施 ERAS 路径显然无法保证手术安全，因而如何合理有效地提高心肺储备是预康复关注的焦点。根据美国运动医学会（ACSM）的推荐，病人在大手术前应接受体能及心肺功能评估，常用的指标有6分钟步行试验（6 minutes walking test，6 MWT）以及心肺功能试验。存在心肺功能不全风险的病人［6 MWDT ＜ 400 m，或最大摄氧量（VO2 max）＜ 18 mL/（kg·min）］术前锻炼应以每周3天、每次20 ～ 30分钟、涵盖拉伸和力量练习的有氧训练为宜。有文献报道，病人在腹部手术前6周进行运动训练，保证每周有3次且时间＞1小时的户外运动，则术后心血管系统、呼吸系统、泌尿系统的并发症发生率可明显降低，住院时间也将显著缩短。

一、六分钟步行试验

六分钟步行试验（6 MWT）主要用于评价中、重度心肺疾病病人对治疗干预的疗效，测量病人运动中的功能状态，可作为临床测试的重点观察指标，也是病人生存率的预测指标之一。

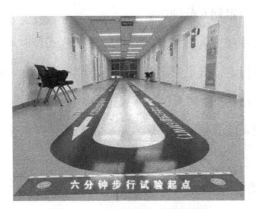

图7-1　六分钟步行试验线路图

1.六分钟步行试验（6 MWT）适用范围

（1）用于心肺功能或功能代偿能力的评估。

（2）临床上多用于术前筛查，并以此为基础制定个性化的肺保护肺康复计划，以达到预防肺部相关并发症，促进病人早日康复的目的。

2. 六分钟步行试验（6MWT）禁忌证

（1）绝对禁忌证：一个月内的不稳定心绞痛和心肌梗死。

（2）相对禁忌证：静息心率120次/分以上；收缩压超过180mmHg和（或）舒张压超过100mmHg。

3. 病人准备

（1）穿舒适的衣服和合适的鞋子。

（2）晨间和午后进行试验的病人试验前可少量进餐。

（3）试验前2小时内病人不要做剧烈运动，试验前不应进行热身活动。

（4）病人应继续应用原有的治疗。

（5）可以使用日常的行走工具（如拐杖等）。

4. 步骤

（1）试验前病人在起点旁坐椅子休息至少10分钟。

（2）计时器设定到6分钟。

（3）站在起步线上，一旦开始行走，立即启动计时器，病人在区间内尽自己体能往返行走，行走中不要说话、不能跑跳，允许病人必要时放慢速度停下休息，但要鼓励病人尽量继续行走。

（4）按照记录的圈数，统计病人总步行距离，四舍五入精确到米。

5. 结果

按照 Celli 等提出的分级系统分级：轻度，6MWD ≥ 350 米；中度，250～349 米；重度，150～249 米；极重度，≤ 149 米。评估老年人群的心功能，6MWT 数据应调整，指标每级别水平降低50米可以更好地反映老年人群心功能状态。

6MWT 作为一项成本低廉、实用可行的监测运动能力的试验方法，应用于加速患者术后康复的探索一直没有停止。6MWT 可定期动态评估，了解体能锻炼是否不足或过度，反映患者术前身体机能，对于提高择期手术患者体能状况，使之达到手术标准，减少并发症，促进康复有一定的积极作用。

二、术前体能锻炼的方法

系统的体能锻炼应联合营养支持治疗。体能锻炼前评估患者心肺功能，以有氧运动为主，制定合适患者的锻炼计划。体能锻炼包括肢体锻炼和呼吸肌锻炼。围手术期受住院场地限制，建议锻炼可以选择步行训练、爬楼梯、健身操、呼吸锻炼等方式，原则上均从低强度运动开始，随着患者运动能力增加，逐渐增加运动强度，直到患者能够达到并维持设定目标强度的运动，之后还应坚持锻炼直至手术。

1. 步行训练，沿地标线绕病房行走，可分时段进行，3～4次/天，500～1000米/次，以病人不感到疲劳为宜，年老体弱者应在家属陪护下使用助行器辅助。

图7-2 步行训练，患者可沿地标线绕病房行走

2. 爬楼梯训练。爬楼梯可以促进人体能量代谢，增强心肺功能锻炼和下肢关节的灵活性。同时对提高血液中的高密度脂蛋白的含量，防止动脉粥样硬化，对高血压也有一定帮助。但是爬楼梯的过程中，膝盖需要负担比平时大4倍的重量，进一步加速关节的磨损，造成膝关节疼痛，进而引发膝关节炎、退行性关节炎等关节疾病。而且患心脑血管疾病的老年人，爬楼梯运动量过大，有可能诱发心梗、心绞痛等问题。因此爬楼梯训练需要适度，应在专业治疗师或者家属陪同下进行，运动过程中调整呼吸节奏，采用缩唇呼吸。用力时呼气，避免闭气，稍感气短时可坚持进行；若有明显呼吸困难，可做短暂休息，尽快继续运动。建议一次 3～5 层，上楼用 3 分钟，下楼用 2 分钟，一天 2～3 次，而心功能三级以上的患者不建议进行爬楼梯训练。

3. 健身操训练。健身操运动应重视每次热身准备和活动整理，穿合适的衣服和鞋子，防止快速和大幅度的强直收缩，尤其是老年患者和体质虚弱的患者。应注意循序渐进的原则，建议一天 1～2 次，每次 10～20 分钟。

4. 呼吸锻炼。有效的呼吸锻炼包括吸气与呼气两个方面，其中吸气动作的训练方法有腹式呼吸、阻力性吸气训练；呼气动作的训练方法有缩唇呼吸。

第二节　术后早期活动

1. 术后早期活动的意义：促进胃肠道功能恢复，减少术后腹胀、呕吐等胃肠道并发症；加速血液循环，促进伤口恢复；促进术后胸腔积液的吸收，有利于肺扩张；减少下肢深静脉血栓的形成；防止肌肉失用性萎缩，恢复肌张力；减少术后压疮发生率；缓解术后疲劳，提高睡眠质量，更早恢复日常活动。

2. 早期活动的时机及运动量。术后早期活动从患者麻醉清醒即可开始进行，由床上活动开始，逐渐过渡至床旁活动、下床活动。

3. 早期下床活动的评估

（1）生命体征的评估。意识清醒、稳定的生命体征是早期下床活动的基本保障。若意识清醒，生命体征在正常范围或体温＜ 38.5 ℃，心率

60 ～ 100 次 /min、血压 90 ～ 140 mmHg / 60 ～ 90 mmHg，且无术后麻醉不适可协助患者下床活动。

（2）疼痛的评估。疼痛是患者不愿下床活动的最主要的原因，术后疼痛未能及时缓解严重影响患者术后的功能锻炼，延缓康复进程。研究认为，术后疼痛＞4 分明显干扰人体活动，≤ 4 分对身体活动影响较小。活动前对患者进行疼痛评估，评分≤ 4 分可指导功能活动及早期下床。

（3）肌力的评估。肌肉力量是防止跌倒，保证患者安全的重要防线。因此，下床活动前进行肌力评估是保证患者活动安全的重要措施。目前，应用最广泛的肌肉力量评估方法是英国医学研究理事会（Medical Research Council，MRC）制定的肌力分级量表。该量表将肌力分为 6 级，0 级表示肌肉无任何收缩；1 级表示肌肉可轻微收缩，但不能活动关节，仅在触摸肌肉时感觉到；2 级表示肌肉收缩可引起关节活动，但不能对抗地心引力；3 级表示肢体能抬离床面，但不能对抗阻力；4 级表示能做对抗阻力活动，但较正常差；5 级表示正常肌力。肌力≥ 4，护士可协助患者进行早期下床活动。

（4）直立不耐受的评估。协助患者进行下床活动时，若患者有大脑供血不足的表现，如头晕、恶心、发热、视力模糊甚至晕厥，则认为有直立不耐受；除此之外，若患者站立时舒张压下降超过 20 mmHg 和（或）收缩压下降超过 10 mmHg，同样认为有直立不耐受。因此，在协助患者下床活动时，须密切关注患者主诉，一旦发生直立不耐受，协助患者平躺休息，待症状好转后再进行下床活动。可用改良三步下床法来预防术后患者首次下床直立不耐受，即将床头摇高至 30° 或 60°，每次保持＞ 3 分钟；随后协助患者端坐 90° 于床沿，前后踢腿活动＞ 3 分钟后下床站立。

（5）管道的评估。外科术后大多有各类引流管，尤其是肝胆胰外科 T

管留置的时间会延至术后两月，带管时间贯穿整个住院期间。因此各种管道的评估也是保证患者术后活动安全的重要内容。引流管的评估内容包括引流管的名称标记和位置是否正确、固定是否妥当、管路是否通畅、引流管周围皮肤是否正常、引流液有无异常等。而早期拔管也是促进患者早期活动的重要因素。加速康复外科指南建议麻醉清醒后拔除胃管，术后24小时拔除尿管，不需夹管。护士应动态评估患者拔管指征，满足拔管指征尽早拔除，促进早期活动。

4. 术后早期下床活动注意事项

（1）活动前需检查并注意妥善固定引流管，预防引流管滑脱，并使用腹带约束，妥善安置后扶助病人坐起。

（2）扶助病人移至床边，双足下垂，床边坐立数分钟，观察面色神态并听取病人意见，起床时应做到三个30秒（即醒来后床上躺30秒、起来后双腿下垂床边坐30秒、下地后靠床站30秒），如病人无头晕等不适时，家属再扶助病人行走，以免突然起身而致跌倒。

（3）扶助病人床边站立，密切观察并询问病人有无不适。自觉不适者立即扶助坐下休息，待自觉症状改善后可再次站立。

（4）备好可移动输液架或助行器，身体虚弱者借助助行器室内行走，耐受性好的病人借助可移动输液架在病区走廊内行走。

（5）行走时间建议每次15～20分钟左右，每天3～4次，逐渐加量。活动过程中注意观察病人生命体征变化、询问病人有无不适，观察引流管处有无渗血、渗液等情况，活动量以病人耐受为准，循序渐进，逐渐延长下床时间。

（6）病人下床活动时家属必须陪护在旁，谨防跌倒。

5. 康复师加入。在国内，目前促进患者术后早期下床活动策略的实施和干预主要由护士全程负责，由于临床工作繁忙、康复相关专业知识有限，护士主要通过向患者讲解术后早期下床活动的重要性来鼓励其活动，而较少亲自去协助和监督，对患者实际下床活动的依从性和活动量缺乏连续、客观的评估和评价。在国外，术后早期活动通常有专业的康复治疗师的参与，在康复治疗师主导的胃肠道肿瘤术后患者早期下床活动方案可行性的研究中，其主要负责评估患者活动能力、协助患者早期下床活动、监督活动情况，并确定活动达标情况，结果显示，康复治疗师介入后术后活动人数增加、术后肺部并发症发生率降低，提示康复治疗师的参与可提高患者术后早期下床活动依从性，改善预后。

6. 早期活动"七步操"

第 1 步为上肢运动：包括抬臂、曲肘、旋肩、握拳（图 7-3）。

第 2 步为胸部运动：包括深呼吸、有效咳嗽咳痰（图 7-4）。

第 3 步为下肢运动：包括抬腿、膝关节屈伸运动（图 7-5）。

第 4 步为床上全身运动：包括主动翻身、抬臀运动、手握功能训练，以及坐起躺下（图 7-6）。

第 5 步为床边坐起：包括手握功能训练，之后移臀至床边双脚着地，用双手撑坐于床沿（图 7-7）。

第 6 步为协助下床活动：包括协助患者坐床边、扶床活动，协助室内行走（图 7-8）。

第 7 步为自主下床活动：包括自主下床、室内活动、室外行走（图 7-9）。

图7-3　上肢运动

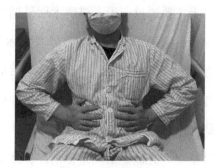

图7-4　胸部运动

图7-5　下肢运动

图7-6　床上全身运动

图7-7　床边坐起

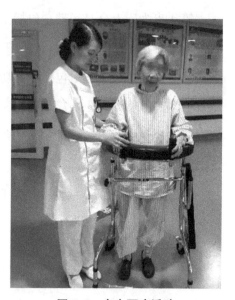

图7-9　自主下床活动

图7-8　协助下床活动

第三节　术后活动指导方案

为提高患者早期活动依从性，特制定各类手术术后每日量化活动表，临床实践中须根据患者情况调整。

1. 胃癌术后早期活动方案

表 7-1　胃癌术后早期活动方案

	时间	具体活动内容
胃癌术后	第一阶段（术后 6 小时内）	1. 返回病房麻醉清醒后就可以开始床上活动 2. 生命体征正常后，抬高床头 30°～45°；进行双下肢被动活动，包括下肢肌肉按摩，由远端向近端按摩 3～5min/侧；协助患者进行足踝关节被动屈伸、内外旋运动，15～20 次/组 3. 术后 4～6h，抬高床头 45°～60°，协助患者翻身 1～2h/次。指导患者进行床上主动肌肉收缩和关节活动
	第二阶段（术后 6 小时至术后 24 小时）	1. 无疲劳感或轻度疲劳，疼痛评分＜4 分，无活动性出血，抬高床头至 90° 坐位维持 3min 2. 如无明显不适，在护士或家属协助下完成床上坐起 3 次，即护士或家属在肩、腰部轻度施力协助鼓励患者床上坐起，3 次坐位时间依次为 10min、15min、20min 3. 无头晕、心慌等主诉症状，可尝试床旁坐立，先坐起 30 秒，然后床旁坐位双腿下垂 30 秒，再转换为床旁站立 30 秒
	第三阶段（术后第一日起）	1. 术后第一日，患者病情稳定且条件允许情况下，责任护士指导并协助患者进行下床活动。初次活动尽量让患者自行进行床上翻身、上下肢活动、坐起练习 2. 能够自行坐稳 5～10 分钟，无切口疼痛难忍、活动性出血、头晕、恶心症状后，护士协助患者床旁站立 5～10 分钟 3. 无头晕、心悸及视物模糊等直立不耐受症状后，可在护士或家属搀扶下扶床行走，将输液瓶悬挂于移动输液架上，在搀扶下缓慢室内行走 4. 术后第一天以病房内活动为主，术后第二、三天可进行病房外活动 2～3 次

2. 腹腔镜胆囊切除胆道探查术后早期活动方案

表 7-2　腹腔镜胆囊切除胆道探查术后早期活动方案

	时间	具体活动内容
腹腔镜胆囊切除胆道探查术后	手术当天	1. 返回病房即实施被动活动，麻醉清醒后以主动活动为主，被动活动为辅 2. 早期半卧位：待麻醉清醒，生命体征平稳，即可摇高床头 15°～30° 3. 进行四肢屈伸活动，协助翻身每两小时 1 次，进而指导患者进行床上全身运动：主动翻身、抬臀运动、扶床坐起
	术后第一天	1. 继续手术当日活动内容，活动量循序渐进 2. 指导患者深呼吸，有效咳嗽，翻身拍背 3. 协助下床：术后 6 小时采用"术后早期下床活动评估指引"对患者进行评估。符合条件者，由护士协助进行首次下床活动。床旁坐起：协助患者移坐在床边，双腿着地，双手支撑坐于床沿 10～20 分钟，如无不适，可扶助床边站立 1～3 分钟。床边站立如无头晕等不适，扶床行走 2～3 次 / 天，5～10 min/ 次 4. 日常生活：自行完成进食、穿衣、洗漱、如厕等日常活动
	术后第二天	1. 室内行走：借助助行器进行室内行走，分别于晨起、上午、下午、睡前各运动 1 次，每次 10～15 分钟，活动量视情况而定 2. 日常生活：自行完成进食、穿衣、洗漱、如厕等日常活动
	术后第三天	1. 自主下床活动：自行室外行走 4 次以上，每次 10～15 分钟 2. 日常活动：独立完成日常活动

3. 肝切除术后早期活动方案

表 7-3　肝切除术后早期活动方案

	时间	具体活动内容
肝切除术后	手术当天	1. 返回病房即实施被动活动，麻醉清醒后以主动活动为主，被动活动为辅 2. 早期半卧位：待麻醉清醒，生命体征平稳，即可摇高床头 15°～30° 3. 进行四肢屈伸活动，协助翻身每两小时 1 次，进而指导患者进行床上全身运动：主动翻身、抬臀运动、扶床坐起
	术后第一天	1. 继续手术当日活动内容，活动量循序渐进 2. 指导患者深呼吸，有效咳嗽，翻身拍背

（续表）

	时间	具体活动内容
肝切除术后	术后第一天	3.协助下床：术后6小时采用"术后早期下床活动评估指引"对患者进行评估。符合条件者，由护士协助进行首次下床活动。床旁坐起：协助患者移坐在床边，双腿着地，双手支撑坐于床沿10～20分钟，如无不适，可扶助床边站立1～3分钟。床边站立如无头晕等不适，扶床行走距离五米，每天两次 4.日常生活：协助完成进食、穿衣、洗漱、如厕等日常活动
	术后第二天	1.继续完成上述活动，并增加活动量 2.室内行走：借助助行器进行室内行走，分别于晨起、下午、睡前各运动1次，每次10～15分钟，活动量视情况而定 3.日常生活：独立完成进食、穿衣、洗漱、如厕等日常活动
	术后第三天	1.自主下床活动：自行室外行走3次以上，每次10～15分钟 2.日常活动：独立完成日常活动

4.胰十二指肠切除术后早期活动方案

表7-4　胰十二指肠切除术后早期活动方案

	时间	具体活动内容
胰十二指肠切除术后	手术当天	1.返回病房即实施被动活动，麻醉清醒后以主动活动为主，被动活动为辅 2.早期半卧位：待麻醉清醒，生命体征平稳，即可摇高床头15°～30° 3.进行四肢屈伸活动，协助翻身每两小时1次，进而指导患者进行床上全身运动：主动翻身、抬臀运动、扶床坐起
	术后第一天	1.继续手术当日活动内容，活动量循序渐进 2.指导患者深呼吸，有效咳嗽，翻身拍背 3.协助下床：术后6小时采用"术后早期下床活动评估指引"对患者进行评估。符合条件者，由护士协助进行首次下床活动。床旁坐起：协助患者移坐在床边，双腿着地，双手支撑坐于床沿10～20分钟，如无不适，可扶助床边站立1～3分钟 4.日常生活：协助完成穿衣、洗漱、如厕等日常活动
	术后第二天	1.继续完成上述活动，并增加活动量 2.如无头晕等不适，扶床行走距离5米，每天3次。或借助助行器进行室内行走，分别于晨起、下午、睡前各运动1次，每次10～15米，活动量视情况而定 3.日常生活：协助完成穿衣、洗漱、如厕等日常活动
	术后第三天	1.自主下床活动，使用助行器室外行走3次以上，每次10～15分钟 2.日常生活：独立完成日常活动

| 第八章 |

加速康复外科围手术期营养支持与饮食管理

第一节 术前营养评估与营养支持

住院患者尤其是进行手术治疗的肿瘤患者，术前营养不良是术后发生并发症的独立危险因素之一。ERAS 特别强调术前营养风险筛查和营养评估，这是制定营养支持方案和改善临床结局的前提条件。国内多采用 NRS 2002 作为营养风险筛查工具对入院患者进行初步筛查，如果存在营养风险（NRS 2002 ≥ 3 分）或营养不良，应进行 7～14 天的营养支持。欧洲临床营养与代谢学会（ESPEN）指南建议，预计患者围手术期不能经口进食超过 5 天或无法经口摄入能量和蛋白质目标需要量的 50%超过 7 天，为降低术后并发症发生率，加速术后器官功能恢复，应立即开始营养支持。

营养支持被誉为 20 世纪 70 年代后医学上一大进展，是围手术期处理措施中的一个重要组成部分。围手术期营养支持可促进伤口愈合；减少损伤的分解代谢反应；改善消化道结构；改善临床结果：降低手术并发症、缩短住院期、降低住院花费。而患者围手术期若出现营养不良，将导致患者出现胃肠道疾病、心血管危害、肾脏损害及因呼吸机衰弱引起换气依赖延长，导致患者死亡率上升。因此围手术期营养宜与 ERAS 融合在一起，血糖的调控、术前补充营养、围手术期分解代谢的调控等问题均应是 ERAS 程序的一部分。

营养支持应遵循五阶梯治疗原则：首先对患者进行饮食调整和营养教育，然后依次晋级选择饮食加口服营养补充（oral nutritional supplements，ONS）、完全肠内营养（total enteral nutrition，TEN）、肠内营养加补充性肠外营养（supplemental parenteral nutrition，SPN）、完全肠外营养（total parenteral nutrition，TPN），营养支持目标是白蛋白＞35 g/L。因此，护士应通过对患者进行动态的营养评估与反馈，配合医生、营养师共同制定个性化的营养支持方案，并观察患者有无营养支持的不良反应，改善患者的营养状态，减少其他并发症的发生。

第二节　围手术期的血糖调控

围手术期高血糖已被证实是影响病人术后并发症发生率和病死率的危险因素之一。严格血糖控制（tight glycemic control，TGC）可以降低手术后的感染率，延长生存时间。

术前血糖控制：加速康复外科理念也注重术前优化患者身体状况，其中很重要的一项就是控制患者血糖。术前血糖应控制在空腹血糖 6.0～8.0 mmol/L，餐后血糖不超过 11.1 mmol/L。

无糖尿病病史病人入院常规检测清晨空腹血糖；血糖异常或确诊糖尿病患者应每天监测晨起、三餐前空腹和三餐后 2 小时血糖。对于血糖超过控制目标的患者可通过以下几个方面调控患者血糖：饮食运动控制；加强宣教，通过发放糖尿病饮食宣教册、制作饮食宣教模型、微信公众号推送糖尿病饮食运动宣教知识等方式向患者进行健康宣教；短效胰岛素皮下注射，皮下置入胰岛素泵。需要注意的是应加强血糖监测，谨防低血糖发生。

术后血糖调控：在患者恢复正常饮食以前仍予胰岛素静脉输注，恢复正常饮食后可予胰岛素皮下注射。对不能进食的患者可仅给予基础胰岛素，可正常进餐者推荐给予基础胰岛素联合餐时胰岛素的治疗方案。对于术后需要重症监护或机械通气的患者，如血浆葡萄糖＞10.0 mmol/L，通过持续静脉胰岛素输注将血糖控制在 7.8～10.0 mmol/L 范围内比较安全。中、小手术后一般的血糖控制目标为空腹血糖＜7.8 mmol/L，随机血糖＜10.0 mmol/L。既往血糖控制良好的患者可考虑更严格的血糖控制，同样应注意防止低血糖的发生。

第三节　围手术期饮食管理

1. 缩短禁食、禁饮时间。建议禁饮时间延后至术前 2 小时，之前可口服清饮料，包括清水、糖水、无渣果汁、碳酸类饮料、清茶及黑咖啡（不含奶），不包括含酒精类饮品；禁食时间延后至术前 6 小时，在此之前可进食淀粉类固体食物（牛奶等乳制品的胃排空时间与固体食物相当）。非糖尿病患者术前推荐口服含碳水化合物的饮品，通常是在术前 10 小时给予病人饮用 800 mL 糖水，术前 2 小时饮用 ≤ 400 mL；糖尿病患者口服温开水或温盐水。临床实践中，口服糖水或口服温开水/温盐水的饮用量以患者自觉舒适为宜。

2. 早期经口进食。术后早期进食、进水，可促进肠道运动功能恢复，有助于维护肠黏膜功能，防止菌群失调和异位，降低术后感染发生率，缩短住院时间。术后饮食恢复应遵循以下原则：少量多餐、循序渐进，食材新鲜、食物多样，避免生冷食物；选用清淡、低脂、高蛋白类食物；摄取的食物以患者舒适为宜；从流质到半流质再到软食逐渐过渡，直至恢复普食。

图 8-1　流质饮食　　　　　图 8-2　半流质饮食

图 8-3　软食　　　　　　　图 8-4　普食

择期腹部手术术后尽早恢复经口进食、饮水及早期口服辅助营养可促进肠道运动功能恢复，有助于维护肠黏膜功能，防止菌群失调和异位，还可以降低术后感染发生率及缩短术后住院时间。一旦病人恢复通气可由流质饮食转为半流质饮食，摄入量根据胃肠耐受量逐渐增加。当补足剩余营养物质经口能量摄入少于正常量的 60% 时，应鼓励添加口服肠内营养辅助制剂，出院后可继续口服辅助营养物。

胃肠手术后早期行肠内营养或经口饮食与术后禁食相比，无证据表明术后禁食是有益的。早期肠内灌食可以降低术后感染发生率及缩短术后住院时间，在吻合口的近端进行灌食并不增加发生肠吻合瘘的危险。但早期肠道灌食可能增加呕吐的发生率，并且在没有多模式抗肠麻痹治疗时，可能会增加肠胀气，并且影响病人的早期活动及损害肺功能。因此，有必要加强术后肠麻痹的综合治疗，这有利于术后早期进食的实施。在常规治疗时，口服辅助营养常在术后 4～5 天开始实施；而在 ERAS 的计划中，口服营养在手术前以及术后 4 小时就开始。需要强调多模式治疗对维持手术营养状态的重要性。在术后 4 小时就应鼓励病人口服进食，进食量根据胃肠耐受量逐渐增加。对于营养不良病人，应在回家后继续口服辅助营养物。

经口进食及 ONS 不能提供机体能量和蛋白质需求量的 50％ 时，可联合 SPN 减少或避免负氮平衡和营养不足的发生，更快地改善患者营养状况和临床结局。

第四节　术后饮食指导方案

为更好地为患者提供具体、量化的饮食指导，护理人员或营养师可针对性的为患者制定术后每日饮食指导方案，临床实践中需根据患者实际情况进行调整。

表 8-1　腹腔镜胆囊切除术后饮食指导

LC 术后进食进度表	饮食次数及内容说明
术后第一天	可摄入清淡液体食物（如温开水、米汤、鱼汤、萝卜汤、低渣果汁等），遵循少量多餐的原则，分 8 次进行，每次 50 mL，主要是试探肠胃对饮食的接受力
术后第二天	全流质饮食，将固体食物（如肉、菜等）经绞碎、煮熟后，再经果汁机搅碎成流质、粥等，可分 8 次摄入，每次 150 mL
术后第三天	餐次减少至 6 次，但需增加分量及浓稠度，如面条、碎肉粥、木瓜，香蕉等食物可以不打碎
术后第四天	供应软质的饮食，分 5 次摄入。如玉米蛋花粥、肉丝面、面包、果汁及易消化的水果（粗硬水果除外）
术后第五天	可恢复低脂饮食

表8-2 胆探及肝叶切除术后饮食指导

胆探及肝叶切除术后进食进度表	饮食次数及内容说明
术后第一天	禁食
术后第二天	可进食温开水
术后第三天	可摄入清淡液体食物（如米汤、鱼汤、萝卜汤、低渣果汁等），遵循少量多餐的原则，分8次进行，每次50 mL，主要是试探肠胃对饮食的接受力
术后第四天	全流质饮食，将固体食物（如肉、菜等）经绞碎、煮熟后，再经果汁机搅碎成流质、粥等，可分8次摄入，每次150 mL
术后第五天	分8次摄入低渣饮食，即容易消化且含少量纤维饮食，如：碎肉、粥、鲜果汁（不加糖）
术后第六天	餐次减少至6次，但需增加分量及浓稠度，如面条、碎肉粥、木瓜、香蕉等食物可以不打碎
术后第七天	餐食分6次摄入，每次的分量可以酌量增加，并且开始加入少量低纤维蔬菜嫩叶及易消化水果，如青菜、山楂、金橘、木瓜，香蕉等
术后第八天	可尝试软质的饮食，分5次摄入。如玉米蛋花粥、肉丝面、面包、果汁及易消化的水果（粗硬水果除外）

表8-3 胆肠内引流及胰十二指肠切除术后饮食指导

胆肠内引流及胰十二指肠切除术后进食进度表	饮食次数及内容说明
术后第一天	禁食
术后第二天	禁食
术后第三天	禁食
术后第四天	可进食温开水
术后第五天	肛门排气后，可摄入清淡液体食物（如米汤、鱼汤、萝卜汤、低渣果汁等），遵循少量多餐的原则，分8次进行，每次50 mL，主要是试探肠胃对饮食的接受力
术后第六天	全流质饮食，将固体食物（如肉、菜等）经绞碎、煮熟后，再经果汁机搅碎成流质、粥等，可分8次摄入，每次150 mL
术后第七天	分8次摄入低渣饮食，即容易消化且含少量纤维饮食，如：碎肉、粥、鲜果汁（不加糖）
术后第八天	餐次减少至6次，但需增加分量及浓稠度，如面条、碎肉粥、木瓜、香蕉等食物可以不打碎
术后第九天	餐食分6次摄入，每次的分量可以酌量增加，并且开始加入少量低纤维蔬菜嫩叶及易消化水果，如青菜、山楂、金橘、木瓜、香蕉等
术后第十天	可尝试软质的饮食，分5次摄入。如玉米蛋花粥、肉丝面、面包、果汁及易消化的水果（粗硬水果除外）

注：饮食方案仅作为指导原则，临床应用中可结合患者病情给予个体化指导。

| 第九章 |

加速康复外科围手术期气道管理

第一节 术前肺部并发症危险因素评估

肺部管理作为加速康复外科的重要环节之一，应用于临床可减少肺部并发症，降低死亡率、再住院率和住院费用。《多学科围手术期气道管理中国专家共识（2018 版）》和《胸外科围手术期肺保护中国专家共识（2019 版）》建议，术前评估的方法包括以下内容。

1. 术前全面细致地了解病史：《加速康复外科中国专家共识暨路径管理指南（2018 版）》建议术前要全面评估患者的基础疾病、呼吸道、心肺功能及麻醉风险等基本情况，并予以针对性的治疗，使患者达到最适宜状态，以减少围手术期并发症。并评估患者有无哮喘病史及哮喘发作的诱因；抗生素、支气管扩张剂和糖皮质激素使用情况；吸烟患者需了解其日吸烟量、吸烟年限以及术前戒烟时间；是否从事有害工种，如煤矿业或石棉制造业等。

2. 肺功能测试（pulmonary function test，PFT）和动脉血气分析：开胸患者以及年龄＞ 60 岁并伴有肺部疾病和吸烟史的非开胸患者，需例行肺功能检查。

心肺功能运动试验（cardiopulmonary exercise testing，CPET）：CPET 是运动负荷测试，能够反映患者氧运转能力，提供更准确的患者心肺有氧代谢能力的信息。运动测试的结果往往跟静态肺功能没有直接的相关性，而是通过峰值耗氧量、运动前后血氧饱和度和心率的变化等指标反映患者氧运转能力。若 CPET 检测中 SaO_2 降低幅度 > 15%，则建议行支气管舒张试验。

3. 呼气峰值流量（peak expiratory flow，PEF）：是用于肺功能评价的简易通气指标，又称最大呼气流量，是指呼气流量最快时的瞬间流速。该指标主要反映呼吸肌的力量以及气道的通畅情况，也可以反映咳嗽能力，用力依赖性强，其指数下降常见于阻塞性或限制性通气障碍。若 PEF < 320 L/min，术后易使患者咳痰无力，从而导致肺部感染。

4. 六分钟步行试验和爬楼试验：主要用于评价中、重度心肺疾病患者对治疗干预的疗效，测量患者的功能状态，可作为临床试验的重点观察指标之一，也是患者生存率的预测指标之一。术前 1 周内的爬楼试验可以较好地反映术后并发症的风险以及患者的预后，表现较差的患者应进一步接受规范化的心肺功能运动试验。

5. 实验室检查：血常规检查中血红蛋白 > 160 g/L、血细胞比容 > 60%，如无特殊情况（如真性红细胞增多症等），常提示慢性缺氧。血生化检查中血尿素氮 > 7.5 mmol/L，预示术后肺部并发症发生风险增加；术前人血白蛋白降低（< 35 g/L）是术后肺部并发症发生的独立危险因素，也是术后 30 天死亡率的最重要的危险因素。动脉血气分析可以反映患者肺部功能正常与否、疾病严重程度和病程缓急，若术前 $PaCO_2$ > 45 mmHg，则表示术后肺部并发症风险增加。

6. 其他检查：超声心动图检查中应特别关注左室射血分数（LVEF），若 LVEF ＜ 50%，建议行进一步评估。因此，护士在患者肺部管理过程中需监测患者的一些生理参数，由于分工不同，医生、护士与康复技师的职责各异，只有医、护、技配合才能够一起指导患者顺利地开展 ERAS 的肺部管理。

第二节　围手术期气道管理

一、术前预康复

1. 戒烟。戒烟是有效预防术后肺部并发症的重要手段之一。研究表明，术前戒烟 2 周以上，可以减少气道分泌物并改善通气；戒烟 4 周以上，可有效降低术后并发症的发生风险。

2. 呼吸功能锻炼。

呼吸功能锻炼（respiratory function exercise）是以进行有效的呼吸、增强呼吸肌，特别是膈肌的肌力和耐力为主要原则，以减轻呼吸困难、提高机体活动能力、预防呼吸肌疲劳、防止发生呼吸衰竭及提高病人生活质量为目的的一种治疗方式。

多数指南和共识推荐术前指导患者进行呼吸功能锻炼，可结合呼吸操及各组呼吸训练器械。术前呼吸功能锻炼有助于降低术后肺部并发症的发生率，缩短住院时间。

有效的呼吸功能锻炼包括吸气与呼气两个方面。其中吸气动作的训练方法有腹式呼吸、阻力性吸气训练；呼气动作的训练方法有缩唇呼吸。活动中的呼吸锻炼有步行呼吸锻炼及运动负荷锻炼两种强度。

—————— **呼吸功能训练的方法** ——————

（1）腹式呼吸：腹式呼吸是最基础的一种呼吸方法，是通过加大横膈膜的活动，减少胸腔的运动来完成的。

具体操作方法：患者放松肩膀、颈部和两臂，腹肌放松或者双膝屈起使腹肌放松，一手放在胸骨柄上限制胸部运动，一手放在脐部以感觉腹部起伏。经鼻吸气，吸气时胸部不动，腹部鼓起，吸气后屏住呼吸 1～2 秒，然后缓慢呼气，腹部内陷，尽量将气呼出。

15～30 min/ 次，2～3 次 / 天。

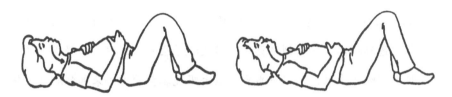

图 9-1　腹式呼吸的训练方法

（2）缩唇呼吸：缩唇呼吸是指吸气时用鼻子，呼气时嘴呈缩唇状施加一些抵抗，慢慢呼气的方法。此方法气道的内压高，能防止气道的陷闭，使每次通气量上升，呼吸频率、每分通气量降低，可调解呼吸频率。

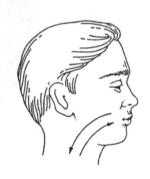

具体操作方法：闭住嘴巴用鼻子吸气，屏气 2～3 秒，通过缩唇（吹口哨样）缓慢呼气，保持 4～6 秒，同时收缩腹部。

图 9-2　缩唇呼吸的训练方法

吸呼比是 1：2～1：3。

15～30 min/ 次，2～3 次 / 天。

（3）吹气球训练：吹气球可直接升高肺不张处支气管内的压力，肺不张处支气管因气体吸收后较周围支气管压力低，吹气球使肺内压增高，肺内空气向低压的支气管挤压，加大胸腔内压力，使胸腔内压力由负压变为正压，从而排出胸腔内残余气体，进一步促进肺复张。

具体操作方法：尽最大能力深吸一口气，屏气 2～3 秒，对着气球口缓慢吹气，直到吹不动为止。

15～20 min/ 次，2～3 次 / 天。

使用呼吸训练器

三球训练器

正常人在每小时有 6～10 次深呼吸，若无此自发性的深呼吸，就会造成肺泡逐渐塌陷。三球训练器是通过用视觉生物回馈法来加强吸气的一种动机型呼吸测量仪，是以一再重复最大吸气容量的方法来加强肺部的膨胀和咳嗽能力，以预防肺的扩张不全和痰液的堆积，有效预防肺不张。

图 9-3 三球训练器，可用于改善肺活量

三球训练器能改善肺活量、锻炼吸气肌，增加手术耐受性，尤其是对于伴有高龄、慢性阻塞性肺疾病、肺部感染、手术时间长、创伤大等高危因素的手术患者。胸腹部外科手术术后，可使用此器械预防肺不张。

使用方法：患者取坐位，先含住咬嘴缓慢吐气到底。快速用力地持续吸气，使训练器内的球体升起，并尽可能屏 3～5 秒，维持球体上升状态，移开吸气嘴，缩唇慢呼气。

重复练习，每天 8～12 组（每 2 小时一次），每组 12～20 次。

3.抗感染。肺部感染病原微生物主要包括细菌和病毒。对于细菌感染，应合理使用抗生素。择期手术应推迟至急性上呼吸道感染治愈之后；痰液量大者应在经治疗痰液减少 2 周后再行手术；合并慢性呼吸道疾病者，可在术前 3 天使用抗生素。

4.术前肺康复（以胸外科为例，于术前 5～7 天开始，临床应用中可结合医院实际情况及患者病情适当调整后给予个体化指导，具体详见表 9-1）。

表 9-1 胸外科患者术前肺康复个体化指导

分类	内容说明
药物康复	1. 雾化吸入支气管扩张剂和糖皮质激素治疗：特布他林 2mL + 布地奈德 4mL，每天 2 次，雾化吸入 2. 祛痰：福多司坦片 0.4g，每天 2 次，口服（术前 3～5 天，术后 5 天）
呼吸肌训练	腹式呼吸训练：患者取平卧位，腘窝处用枕头垫高，双腿并拢稍屈曲，双手贴紧腹部，经鼻缓慢深吸气到最大肺容量后稍屏气，然后用口缓慢呼气、吸气时腹部外凸，呼气腹部内凹。连续进行 20～30 次（总时间 10～15 分钟），每天 2 次
有氧耐力训练	1. 四肢联动（Nustep）锻炼：根据患者肌力调控阻力，患者自行调控速度，在可承受范围内加快运动速度。运动量控制在 BORG 评分 5～7 分之间，若在运动过程中有明显气促、下肢疲倦、血氧饱和度下降（＜88%）或其他并存疾病引起身体不适，嘱患者休息，待恢复原状后再继续进行训练。每次 15～30 分钟，每天 1 次 2. 爬楼梯训练：在专业治疗师陪同下进行，运动过程中调整呼吸节奏，采用缩唇呼吸。用力时呼气，避免闭气，稍感气短时可坚持进行；若有明显呼吸困难，可做短暂休息，尽快继续运动。每次 15～20 分钟，每天 1 次

二、术中处理

合理补液。规范术中输液，保证静脉通路通畅。术中应限制补液总量并控制输液速度，以目标导向为基础的个性化容量管理是减少术后急性肺损伤的最佳方法。

三、术后处理

1.保持呼吸道通畅。使用雾化吸入、叩击排痰、体位引流等方法帮助患者清理呼吸道，尽早鼓励并协助患者进行有效咳嗽，合理使用黏液溶解剂促使痰液充分排出。必要时可以邀请呼吸治疗师干预，使用呼吸震荡排痰仪进行机械排痰。

（1）雾化吸入

雾化吸入是利用雾化器将药物制成微小雾粒，使之吸入呼吸道，以达到消炎、祛痰、平喘等作用的给药方式，具有吸收面积大、起效迅速、不良反应少等优点，已成为治疗呼吸系统疾病最安全、有效的给药方法之一。雾化吸入治疗呼吸系统疾病在临床上已应用多年且成效显著。

临床科室一般使用氧气雾化吸入，具有直达气道、起效迅速，可同时辅助供氧，可使用高剂量药物，可实现联合药物治疗（应注意药物配伍禁忌）的特点。雾化吸入的药物主要有吸入性糖皮质激素类药物、支气管舒张剂及黏液溶解剂等。

雾化吸入流程：吸入前清除口腔内分泌物及食物残渣，将待吸入的药物放入雾化器贮液罐，将喷嘴和面罩与患者相连并调节氧气流量，常用6～10L/min；嘱患者缓慢呼吸，间断做深吸气时可屏气4～10秒，持续雾化时间约15分钟；完成治疗后，需清洁面部皮肤、清洗口腔和漱口，以移除沉降在皮肤及口咽部的药物；雾化器贮液罐应保持直立，以保证药液能全部雾化完。

（2）叩击排痰法（percussion drainage）

对于肺炎、痰多的患者，老年患者，咳嗽无力、长期卧床的患者，进行叩击排痰可以促进附着在气管、支气管、肺内的分泌物松动以利其排出，以利肺炎控制，以防肺泡萎陷和肺不张。未经引流的气胸、肋骨骨折、有病理性骨折史、咯血、低血压、肺水肿的患者不适合进行叩击排痰。叩击时需协助患者至坐位或侧卧位。

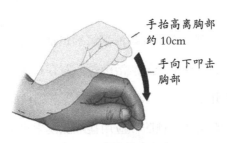

图 9-4 叩击排痰手法

操作者五指并拢呈弓形，用中等且患者能承受为宜的力量，用腕关节的力量，以 40～50 次 / 分的频率，由下至上、由外至内叩击。手掌成杯状会产生空气来缓解并减少叩击的力道，此操作会产生中空的砰砰声音。叩击时肩膀和手肘要放松，利用手腕的力量进行。叩击的时间和强度应根据患者的具体情况而定，建议每日晨起时、雾化后进行，每天 3～4 次，每次 10～15 分钟，若痰多，可增加次数，同时指导患者深呼吸气后用力咳痰。咳嗽时嘱患者身体略向前倾，腹肌用力收缩，在深吸气后屏气 3～5 秒再咳嗽，重复数次。拍背时需避开腰部、肩胛骨、脊椎及伤口部位。

（3）体位引流

体位引流是指对肺部分泌物的重力引流，并配合使用一些胸部手法治疗，如拍背、震颤等。引流时使病肺处于高位，其引流支气管的开口向下，促使痰液借重力作用，顺体位引流气管咳出。

（4）有效咳嗽

患者取舒适坐位，深呼吸数次，再缓慢深吸气后屏气 2～3 秒，然后身体前倾，腹肌用力收缩，连续咳嗽 2～3 声，然后再缓慢深吸气，重复以上动作 2～3 次，将痰排出。痰较多时，休息一段时间后再重复上述动作。咳嗽时一定要注意保护伤口位置，心胸外科及腹部外科术后患者特别要注意，避免在咳嗽时由于胸腔压力以及腹压增高而使伤口裂开，应轻轻按压伤口部位，亦可用枕头按住伤口，以抵消或缓解咳嗽引起伤口局部的牵拉和疼痛。

2. 使用黏液溶解剂。常用的黏液溶解剂包括静脉输注类如盐酸氨溴索溶液、雾化吸入类如乙酰半胱氨酸溶液等。对存在高危因素，如长期大量吸烟史、高龄、肥胖以及合并 COPD、哮喘等基础性肺病或伴糖尿病等合并癌症患者，即使无痰液，预防性应用盐酸氨溴索也可以减少术后肺部并发症的发生。在预防和治疗术后相关肺部并发症（肺不张、急性肺损伤、低氧血症、急性呼吸窘迫综合征等）时，应用盐酸氨溴索是有效的药物治疗方法。盐酸氨溴索大剂量应用可产生抗炎、抗氧化和清除体内自由基的作用，增加肺泡表面活性物质，对肺损伤有保护和治疗作用，推荐剂量为 1g/d。雾化吸入短效抗胆碱能药物，一方面可以打开并湿化气道，改善患者的肺功能并利于排痰；另一方面可以减少黏液分泌，降低术后发生肺炎的风险。

3. 合理镇痛。术后有效的镇痛措施则可促进患者早期的膈肌运动、咳嗽排痰，以此减少对肺功能的损害，减少肺部合并感染的发生。术后镇痛应综合运用各种镇痛方法，并在药物的用量上个体化，同时应加强术后麻醉访视，避免过度镇静或呼吸抑制。此外，尽早去除不必要的胸腔引流可减轻患者疼痛。

4. 尽早下床活动。术后早期恢复性运动锻炼是防止术后肺部并发症的重要手段，应增加患者的姿势调整，尽早下床活动，也可适当增加肩部运动。研究显示，在术后第 2 天或患者术后可以独坐时增加踏步机锻炼可以显著降低术后呼吸道感染和呼吸困难的发生率，并能显著缩短住院时间。术后早期下床行走对于降低肺栓塞风险也具有重要意义。

5. 术后肺功能康复：术后肺功能康复（I COUGH）是一项为患者提供多学科合作式术后肺保护的研究，其采取的主要措施包括激励式肺量测定法、鼓励患者咳嗽和深呼吸、口腔卫生护理、患者与家属教育、早期且较频繁的床下活动（每天 3 次以上）以及抬高床头（30° 以上）等。研究证实，这种多学科合作式的肺保护策略显著降低了术后患者的肺炎发生率和计划外插管发生率。术后加速康复外科（ERAS）的概念正渗透到医学的各个方面，不断促进医学的快速发展，并使治疗疾病的观念从重视单个学科独立发展转向"以患者为中心"的多学科协作或重新建立新的学科 / 专业，如加速康复学科等。

ERAS 降低术后肺部并发症的主要措施包括术前评估、戒烟、肺康复和营养支持；术中予以保护性肺通气和液体管理；术后避免留置胃管，预防恶心、呕吐，进行疼痛管理及早期下床活动。尽管国内外的研究显示 ERAS 能显著降低肺部并发症，但 ERAS 在预防肺部并发症方面还存在许多不足，主要包括：患者依从性不足；医护人员对避免留置胃管和早期下床活动还存在安全上的顾虑。为提高 ERAS 在预防肺部并发症的作用，对于 ERAS 依从性不足，可以制定 ERAS 路径表，将 ERAS 指标量化，制成查检表便于监测和记录；关注每日指标依从性和完成率，保证实施效果，对不同患者采取针对性的治疗和护理措施。对于 ERAS 安全上的顾虑，应在循证医学基础上对 ERAS 相关措施进行验证和推广，消除医护人员的顾虑。我们可以根据 I COUGH 集束化策略模式，制定 ERAS 预防肺部并发症集束化策略，导入医疗电子病历系统，使其更加规范，更容易被医护人员接受和执行。ERAS 未来研究的方向已经不再是探讨 ERAS 是否优于传统模式，而是将落实到 ERAS 如何进行质量改进、促进多学科协作、提高干预方案的依从性和落实术前超前干预等方面。

| 第十章 |

加速康复外科围手术期血栓预防

第一节 术前血栓风险评估

静脉血栓栓塞症（VTE）是指血液在静脉内异常凝结，使血管完全或不完全阻塞而引起静脉回流障碍，从而导致相应的机体变化。常见的类型包括深静脉血栓形成（deep vein thrombosis，DVT）及肺动脉血栓栓塞症（pulmonary embolism，PE）。加速康复外科理念强调对于择期手术患者应进行术前预防性抗血栓，术后持续进行血栓预防。ERAS 理念的实施能够有效地优化机体围手术期状态，降低创伤以及手术对患者产生的不良应激反应，能够有效地预防术后血栓的发生。

《下肢深静脉血栓形成介入治疗护理规范专家共识》和《中国骨肿瘤大手术静脉血栓栓塞症防治专家共识》建议，术前血栓风险评估的内容主要包括以下几点：

1. 专科评估

（1）评估患者生命体征，如体温、脉搏、呼吸、血压、血氧饱和度等变化。

（2）评估患肢症状 / 体征，如疼痛部位、评分、性质、持续时间、缓解方式，是否采取镇痛措施及镇痛效果；肿胀程度，有无浅静脉曲张；肢体体表皮肤温度、颜色、感觉的异常变化及足背动脉搏动情况；有无溃疡和 / 或感染等。

（3）评估用药情况，如是否曾应用抗凝 / 溶栓药物；凝血功能及有无出血倾向，如皮肤黏膜是否出现瘀斑、牙龈出血、血尿、血便、头痛等症状。

（4）评估有无心慌、胸闷、气喘、胸痛、咳嗽、咯血、发绀等 PE 症状。

2. 验前概率及评估：根据 Bayes 理论，疾病发病率越低，阴性预测价值越高；反之，发病率越高，阳性预测价值越高。医师可以据此判断患者的验前概率（pretest probability，PTP），从而提高检查的针对性（患者 PTP 评估工具详见附录十）。对于 PTP 较低的患者，简单的检查方案即可达到满意的结果。例如，低 PTP 的患者可疑出现血栓时，阴性的 D- 二聚体结果可以较放心地排除血栓，这样可使约 30 ％ 可疑血栓的患者无须影像检查即可安全地排除血栓。但是，对于高 PTP 的患者，阴性的 D- 二聚体结果并不能安全地排除血栓。此外，使用 PTP 还可以指导抗血栓治疗的时机。2016 年 1 月，美国医师学会（ACCP）发布了第 10 版《静脉血栓栓塞（VTE）抗栓治疗指南》，指南建议：对于高 PTP 的患者，如果检查结果要 4 小时后报告，可即刻开始抗血栓治疗；对于低 PTP 的患者，可以等到 24 小时结果报告后开始相应治疗。

3. DVT 辅助检查及流程

（1）超声：简单便捷，是四肢 DVT 诊断的首选方法，彩色多普勒超声检查还可以提高盆腔内血管血栓的检测能力。2018 年美国血液学会年会（ASH）估计低、中、高 PTP 的 DVT 发病率为 ≤ 10 ％（低）、≤ 25 ％（中）及 ≤ 50 ％（高）三级。当患者疑有 DVT 时，首先评估 PTP，根据 PTP 分级采取不同的检查策略。低 PTP 患者先行 D- 二聚体检查，阴性结果可排除 DVT；如果无法检测 D- 二聚体，可直接行下肢超声检查，阴性超声结果亦可排除 DVT；阳性 D- 二聚体联合阳性超声方可确诊 DVT。中 PTP 患者直接行下肢超声检查，阳性结果可诊断下肢 DVT；下肢超声阴性结果可排除 DVT；近端超声阴性结果需后期复查超声。对于高 PTP 患者直接行下肢超声检查，阴性结果必须后期复查超声。

（2）CT 静脉造影：适用于病情危重或肢体采用夹板固定等不便超声检查的患者，可同时检查腹部、盆腔、下肢深静脉的情况。

（3）静脉造影：该技术是 DVT 诊断的金标准，但部分患者可能出现造影剂过敏等情况。在其他检查难以确定诊断时，如无静脉造影禁忌证，可行该项检查。

（4）血浆 D- 二聚体：其变化反映了凝血激活及继发性纤溶的过程，对诊断急 DVT 具有较高的灵敏度。临界值目前多用 500 μg/L，但是癌症患者的 D- 二聚体水平普遍较高，手术干预也会对结果造成明显干扰，判定值有待进一步研究确定。

此外，针对血栓危险因素的评估，目前具有较多的风险评估工具，常见的有 Caprini 风险评估表（见附录七）、Padua 风险评估模型、Autar 评分表等。

第二节　围手术期血栓预防

加速康复外科理念提倡术前预防性抗血栓，可有效降低患者术后血栓发生率。VTE 预防指南及专家共识也明确指出对于存在静脉血栓高风险的患者，术前即应启动血栓三级预防，包括基础预防、物理预防和药物预防。

一、术前预防

1. 基础预防。基础预防主要包括抬高患肢、适当补液、多饮水、早期功能锻炼、改善不良生活方式等。有研究显示，抬高下肢肢体 20°～30°，使患肢高于心脏，能够有效地促进下肢深静脉血液回流。

2. 物理预防。措施包括：弹力袜、足底静脉泵、间歇性充气加压装置等，主要是通过机械原理促进下肢静脉血液回流，减少血液淤滞，从而降低血栓发生风险，对于出血高风险或合并药物预防禁忌证者，仅可进行物理预防，美国卫生与临床优化研究所（NCE）指南指出骨折患者无法使用弹力袜及间歇性充气加压装置，推荐使用足底静脉泵，但瞬时弹性成像技术（TE）临床专家共识指出患肢无法使用物理预防者，可在对侧肢体实施预防。物理预防的开始时间各不相同，在围手术期各个阶段均有应用，NICE 推荐从患者入院时开始使用，日本循环工作组则建议术前或术中开始使用，国内外学者及指南均建议早期使用 IPCD 进行干预，但并未给予具体时间段。ACCP 推荐便携式间歇性充气加压装置（IPCD）每天至少佩戴 18 小时，日本循环工作组指南建议患者卧床期间应持续使用 24 小时，赵萍针对髋部骨折患者的研究结果显示每日使用 IPCD 治疗 40 分钟，2 次 / 天能够有效降低患者血栓发生风险，且可最大限度地减少患者住院费用及护理人员的工作量。

图 10-1　间歇性充气加压装置能够有效降低患者血栓发生风险

3.药物预防。药物预防主要是各类抗凝药物的选择，研究表明，术前即启动抗凝治疗比术后更能有效地预防血栓发生，且不会增加术中及术后出血风险。国内外指南推荐对于无药物预防禁忌证的患者入院后便开始给予常规剂量低分子肝素（依诺肝素 20mg，皮下注射易于管理，且出血风险低），至术前 12 小时停止，术后 12 小时恢复使用。

二、术中血栓预防

目前多数指南提出手术本身即为血栓形成的高危因素之一，且手术过程中还需考虑硬膜外血肿的危险性，指南建议术前 12 小时至术后 12 小时之间不能使用抗凝药，此阶段为药物预防的空窗期，又为血栓发生的高危期，因此，此阶段应持续物理预防，对于患肢不便者可在对侧肢体实施。

三、术后血栓预防

受手术、创伤等因素影响，术后机体仍处于应激状态，即患者仍处于血栓高风险状态。因此，术后指南推荐术后应继续血栓三级预防。详见本书第五章第二节"术后管理"相应内容。

四、早期活动及功能锻炼

术后长时间卧床制动会使血液和淋巴液淤积于下肢，导致一系列的不良事件的发生，如 TE 发生风险增加、肌肉力量萎缩、肺不张、关节功能障碍等，严重影响患者术后康复效果。加速康复外科理念指出术后应鼓励患者尽早开始活动及功能锻炼，且强烈推荐围手术期应持续对早期活动及功能锻炼的益处进行健康宣教。肢体功能锻炼能够有效地促进肌力和关节活动度的恢复，促进患者肢体功能的恢复，减轻患者疼痛，同样，术后良好的疼痛管理也是促进患者早期活动和开展功能锻炼的重要因素。

第三节 围手术期血栓预防方案

围术期血栓预防方法应包括健康教育、基础预防、药物预防、物理预防，本节以下肢骨折患者为例，制定下肢骨折患者个体化血栓预防方案，临床应用中可结合医院实际情况及患者病情适当调整后给予个体化指导。

表 10-1 下肢骨折患者个体化血栓预防方案

时间	具体内容
术前	**健康教育** 1. 发放静脉血栓健康教育手册，播放 VTE 健康教育视频，向患者及家属详细介绍 VTE 的流行病学、危险因素、临床症状及表现以及可能发生肺栓塞等严重后果，向患者展示相关图片，播放 VTE 相关视频，使患者更直观地认识到术后并发 VTE 的严重性，取得患者的理解和配合 2. 向患者及家属解释早期活动、抬高肢体、穿戴弹力袜或使用间歇性加压装置等都是能够有效地预防 VTE 的措施，详细讲解各项预防措施的具体实施方法和注意事项 3. 患者赋权和患者参与行为决策：向患者明确而详细地介绍围手术期护理计划，鼓励患者主动地参与到自我护理之中，增强患者"参与感"，提高患者的主动性及对护理措施的依从性，与患者共同设定每日康复目标并帮助其完成 4. 期望管理：帮助患者设定合理的预防效果期望值，消除医患双方对治疗期望值的差异，防止患者过度沮丧或者期望过高 5. 出院管理：入院时开始，与期望管理相结合，与患者共同设定合理的期望出院日期 **基础预防** 1. 入院 2 小时内使用 Caprini 风险评估模型评估患者 VTE 发生风险，并进行危险分层，抬高患侧肢体 15°～30°，使下肢高于心脏，促进下肢静脉血液 2. 鼓励并指导患者健侧肢体开展自主活动，患肢按照"功能康复锻炼计划表"运动 3. 护理操作时应轻柔，应避免在患肢建立静脉通道，避免在同一静脉处反复穿刺 4. 下肢骨折者需制动，因此在对侧肢体实施，根据患者个人偏好，结合疾病特点，由医护人员决定使用弹力袜还是 IPCD，弹力袜者应持续穿戴，间歇性充气加压装置使用者术后不间断使用 **药物预防** 评估患者出血风险，入院后便开始遵医嘱给予常规剂量低分子肝素（依诺肝素 20mg，皮下注射，易于管理风险低），直至术前 12 小时预防

（续表）

时间	具体内容
术后	**基础预防** 1. 术后 6 小时内使用 Caprini 风险评估模型复评患者 VTE 发生风险，并进行危险分层，抬高患侧肢体，使下肢高于心脏促进下肢静脉血液回流 2. 麻醉苏醒后鼓励并协助患者开始早期活动，活动形式以肌肉等长肌力收缩锻炼为主 3. 患者清醒后即鼓励并指导其健侧肢体开展自主活动，患肢按照"功能康复锻炼计划表"运动，动静结合，主动运动为主，被动运动为辅，循序渐进，活动幅度由小到大，肢体功能锻炼过程中考虑个体差异，年轻恢复较快者可适当加快锻炼进程及运动量，运动以适宜为主，肢体锻炼过程中注意观察患者反应，如出现剧痛等强烈不适，应立即停止并报告，由医生指导患者有效呼吸及咳嗽 4. 护理操作时应轻柔，应避免在患肢建立静脉通道，避免在同一静脉处反复穿刺 5. 由肢体远心端向近心端按摩伤口以外的患肢肌肉，促进血液回流，加速肿胀的消退。应密切观察患者下肢皮肤色泽、水肿、皮温、肌肉有无深压痛，测量肢体周径 **物理预防** 术后第 1 天开始使用足底动静脉泵按摩足底，2 次/天，2h/次，直至患者出院，整个过程中注意观察患者肢体 **药物预防** 持续评估患者出血风险，术后 12 小时后遵医嘱给予常规剂量低分子肝素（依诺肝素 20mg，皮下注射），直至患者出院，但出血高风险者禁用或慎用

注：以下肢骨折患者为例，临床应用中可结合医院实际情况及患者病情适当调整后给予个体化指导。

|第十一章|

加速康复外科围手术期健康教育

健康教育是 ERAS 核心项目之一，通过健康教育向患者及家属讲解病情、疾病治疗的方法和水平，尤其要把握入院介绍、术前准备、术后功能锻炼、出院等环节，采用多模式的健康教育方式讲解加速康复外科理念，图文并茂、形象生动，集体宣教、互相交流，可以提高患者和家属的自我护理的能力，缩短住院日，减轻患者的紧张、焦虑情绪，增加患者的应激能力，积极应对手术，增强患者及家属对康复的信心。

多模式的健康教育主要包括：（1）口头宣教；（2）文字传播，如健康教育折页、宣教手册等；（3）形象化传播，如图画、展板、模型、照片等；（4）电子媒介传播，如广播、录像、投影等；（5）综合传播，如医护沟通会等。在信息技术高速发展的今天，还可以借助"互联网+"平台，为患者提供一个检索信息、分享经验、学习技巧的平台。

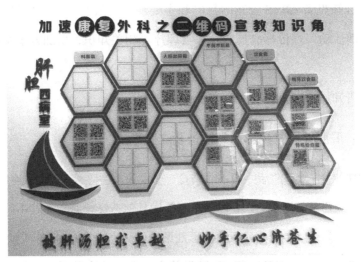

图 11-1　加速康复外科知识宣教墙

第一节　术前健康教育

详细的术前宣教和指导，是加速康复过程中很重要的因素。在术前宣教中，一个关键的因素就是要让病人了解"加速康复计划"的每一个环节，缓解其焦虑、恐惧及紧张情绪，使病人知晓自己在此计划中所发挥的重要作用，获得病人及其家属的理解、配合。

一、入院宣教

入院宣教是住院病人健康教育的基础内容，其目的是使住院病人调整心理状态，尽快适应医院环境，积极配合治疗，促进康复。

1. 介绍环境设施、人员及医院管理制度，缓解患者紧张、焦虑情绪。

2. 引导患者熟悉同室病友，消除陌生感。

3. 告知患者戒烟、戒酒。

4. 告知患者麻醉及手术过程，减轻患者对麻醉和手术的恐惧和焦虑。

5. 告知患者 ERAS 方案的目的和主要项目，鼓励患者术后早期进食、术后早期活动，宣传疼痛控制及呼吸理疗等相关知识，增加方案实施的依从性。

6. 告知患者预设的出院标准。

二、肝胆外科常见影像学检查及注意事项

1.CT 平扫：检查前后一般不需禁食，要求病人去除检查部位饰物、药膏，无其他特殊要求，腹部 CT 检查之前不能做其他造影检查，尤其不能用钡剂行消化道造影，以免肠内残留的造影剂形成伪影，影响 CT 图像质量。

2.CT 增强注意事项：行 CT 增强前应在护士的协助下完成预约单上的患者病史及一般情况问题，问题包括：①有过敏史、严重多种药物过敏者不宜做，如防碘剂过敏；②甲亢、哮喘、怀孕是禁忌；③严重心肺功能不全、肾功能不全者慎做 CT 增强，检查前需空腹 3 小时，但可以进食少量流质、水，切记降压药照常服用，最好把血压控制在 140/90 mmHg 以内，如果患者血压超过 160/100 mmHg，放射科会拒绝行 CT 增强检查，上腹 CT 检查则要求空腹 8 小时。此外，还需告诉病人检查后 2 小时内饮水 1000 mL ～ 2000 mL，以促进造影剂排泄。

3. 磁共振成像（MRI）检查注意事项：体内有无金属支架、起搏器、义眼；女性盆腔、腰椎 MRI 要了解有无放环（支架放置半年以后方可行 MRI，金属支架不可做 MRI，钛合金可做；盆腔有放环一般不能做；有支架植入的请在申请单内注明预约 1.5 T 的 MRI），检查前告知病人去除所有金属物件（手机、手表、首饰、金属纽扣等），胰岛素泵不易发现，病区护士检查前帮助患者及时取下。

4. 腹部超声检查注意事项：需要空腹，通常在前一日晚饭后开始禁食，次日上午空腹检查，以保证胆囊、胆管内胆汁充盈，并减少胃肠道食物和

气体的干扰,否则检查结果可能会受较大影响。需要憋尿的检查:检查盆腔、膀胱、前列腺、精囊腺、输尿管下段、下腹部包块、子宫、附件、早孕等,需充盈膀胱。可在检查前 1 ～ 2 小时喝水或各种饮料 1000 ～ 1500 mL,喝水后不要排尿,使膀胱充盈以利于检查。行胃镜、结肠镜检查者需两天后再做超声检查,临床如果预约空腹 B 超与胃镜在同一天,要先做 B 超再做胃镜,腹部胀气会影响胆囊、胆管及胰腺图像的观察,可服用乳酶生片剂3 天后再行检查。

三、大小便标本留取方法

1. 物品准备:标本盒。

2. 取大便标本方法:排便于清洁便器内,用检便匙取中央部分或者黏液脓血部分约 5 g 至于标本盒内。注意事项:不要与尿液混在一起,若粪便为稀便、不成形便,可先用干净容器如一次性纸杯接取,不得从尿布、便池、地面上舀取,以免大便中水分被纸尿裤吸收或者是混有污水及尿液等其他分泌物,影响检验结果。如大便有黏液脓血等异常外观时,必须挑取有黏液、脓血或其他异常外观的部分送检,检查大便隐血时,尽量在留取标本前 3 天禁用维生素 C、铁剂、铋剂,禁食肉类、动物肝脏、动物血、大量绿色蔬菜及含铁食物,避免检查时出现假阳性结果。

3. 留尿常规标本方法:清洁外阴或尿道口后留取清洁中段尿 10 mL,清晨第一次尿最好。注意事项:尿标本必须清洁;女性要清洁外阴,勿混进白带;如尿沉渣中有大量多角形上皮细胞,则可能为已混入白带所致,宜留取清洁尿标本重检;男性患者也最好能清洁尿道口周围,避免将前列腺液等混入尿液中。

4. 收集尿液时,要留取中段尿,即开始的一段和最后的一段都不要。

按排尿的先后次序，可将尿液分为前段、中段、后段。因前段尿和后段尿容易被污染，因此，做尿常规和尿细菌学检查时，一般都留取中段尿，具体方法是，开始排尿时快速数1、2、3后再用尿杯接取尿液。尿常规检查时，尿液不少于10 mL。因为夜间饮水较少，肾脏排出到尿液中的多种成分都储存在膀胱内并进行浓缩，提高阳性检出率，所以晨尿最好。

四、术前优化训练

1. 呼吸训练

指导患者进行呼吸训练，尤其是针对老年患者、有吸烟史且戒烟时间＞2周的患者，如腹式呼吸、缩唇呼吸、吹气球训练及使用呼吸训练器。并告知患者这些方法的临床重要性。详见第九章第二节"围手术期气道管理"相应内容。

2. 活动

（1）步行训练，沿地标线绕病房行走，可分时段进行，3～4次/天，500～1000米/次，以病人不感到疲劳为宜，年老体弱者应在家属陪护下使用助行器辅助。

（2）爬楼梯训练。爬楼梯训练需要适度，建议一次3～5层，上楼用3分钟、下楼用2分钟，一天2～3次为宜。心功能三级以上的患者不建议进行爬楼梯训练。

（3）健身操训练。健身操运动应重视每次热身准备和活动整理，穿戴适合的服饰和鞋子，防止快速和大幅度的强直收缩，尤其是老年患者和体质虚弱的患者，建议一天1～2次，每次10～20分钟。

3. 床上大小便

指导患者术前进行排尿、排便训练，提高患者术后床上自主排尿、排便的能力，减少术后尿潴留及便秘的发生。详见第三章第四节"术前准备"相应内容。

五、术前饮食准备

术前理想的营养方式是给予全面均衡的营养素补充，下面几点营养饮食原则必须要注意。

1. 高蛋白饮食

外科病人必须摄取足够的蛋白质。如果饮食中缺乏蛋白质，就会引起营养不良性水肿，对术后伤口愈合及病情恢复不利。高蛋白饮食，可以纠正因某些疾病引起的蛋白质过度消耗，减少术后并发症，使病人尽快康复。

2. 高碳水化合物饮食

高碳水化合物饮食可供给足够的热能，减少蛋白质消耗，防止低血糖，还可以保护肝细胞免受麻醉剂的损害。此外，还可增强机体抵抗力，增加热量，以弥补术后因进食不足，造成热能的消耗。

3. 补充足够的维生素

维生素 C 可降低毛细血管的通透性，减少出血，促进组织再生及伤口愈合。维生素 K 主要参与凝血过程，可减少术中及术后出血。B 族维生素缺乏时，会引起代谢障碍，伤口愈合和耐受力均受到影响。维生素 A 可促进组织再生，加速伤口愈合。因此，术前一定要多吃富含维生素的水果、蔬菜。

六、其他注意事项

1. 术前一日主治医生和麻醉医生会向患者及家属说明有关注意事项和手术的危险性及并发症，请患者及家属不要随便外出，以便与主治医生、麻醉师沟通及签署手术同意书和麻醉同意书。

2. 发热、月经期不可实施手术，术前有服用如阿司匹林、波立维等抗凝药物的患者一定要告知医护人员，遵医嘱停药或改药。抗凝药物具有降低急性心肌梗死及其他相关心脑血管疾病患病风险的作用，但是在抑制血小板聚集、抗凝的同时，也常常会导致出血。若行手术或受到外伤，会显著增加出血风险。所以，服用抗凝药物是手术及任何有创检查项目的绝对禁忌证，术前 1 周应停服阿司匹林等抗凝药物。

3. 手术前请摘掉眼镜、隐形眼镜、手表、假牙及戒指、项链、耳环等首饰，并妥善保管，手术中一般都要用到电刀，如果患者戴有金属首饰会产生局部短路，造成局部皮肤灼伤。为确保患者安全和防止贵重物品的损坏，患者在手术前要取走所有饰品，以便手术顺利进行和保证安全。

4. 为降低感染的发生，应严格遵守医院探视制度，每日探视时间为下午 16：00 至 20：00，入院时在护士站办理门禁卡，根据病情术后每床每日留陪住 1 人，陪住人员在病房内定时通风换气，任何人员不得在病区内吸烟，以保持病房内空气清新。

5. 手术前晚请按时入睡，保证充足睡眠，消除不必要的顾虑，以良好的心理状态和积极健康的情绪配合治疗，会对手术的成功起重要作用。如有入睡困难可告知医护人员，请求帮助。

第二节　术后健康教育

一、早期活动

1. 告知患者早期活动的目的及意义，取得患者配合。

2. 指导患者早期活动的方法，如翻身、踝泵运动、床旁活动及应用助行器下床活动等。

3.告知患者早期活动的注意事项，妥善固定引流管，防止跌倒等不良事件的发生。

4.指导患者制定每日活动计划、目标，并核查是否达标。

二、早期活动指引（以患者体力耐受为宜，活动量循序渐进）

1.手术当天床上活动：患者麻醉清醒后做深呼吸 10 ～ 15 次 / 组，2 h/ 组。四肢活动，踝泵运动 10 ～ 15 次 / 组，2 h/ 组。抬臀运动 5 ～ 10 个 / 组，2 ～ 4 组 / 天。翻身运动，翻身每两小时一次。

2.手术后第一天床上活动为主，可尝试床旁活动：双腿着地，用双手支撑起身体坐于床沿 2 次（每次 10 ～ 20 分钟）。

3.手术后第二天床旁及室内行走 2 ～ 3 次（每次 5 ～ 10 分钟），可尝试助行器辅助下在走廊上行走 2 ～ 4 次，0.5 ～ 1 圈 / 次。

4.手术后第三天起使用助行器或家属扶助行走，围绕病房行走 4 ～ 6 次，1 ～ 2 圈 / 次。

三、术后饮食原则

1.低脂、高蛋白、易消化饮食。

2.遵循少量多餐、循序渐进的原则，从流质饮食逐渐向半流质饮食、软食、普食过渡。

3.忌食产气食物（如豆制品、萝卜、土豆、板栗、南瓜等），以免引起腹胀。

4.饮食应多样化，注意食物搭配，做到色、香、味俱全，以增进食欲。

5.避免食用坚硬、辛辣、煎炸食品。

6.忌辛辣、油腻、生冷、霉变食物，戒烟酒。

四、有效咳嗽、咳痰的方法

1. 取坐位，双手捂住腹部伤口两侧或者环抱一个枕头。

2. 进行数次深而缓慢的呼吸，于深呼吸末屏气 3 ～ 5 秒。

3. 身体稍向前倾，从胸腔进行 2 ～ 3 次短促有力的咳嗽。

4. 张口咳出痰液。

五、拍背辅助排痰的方法

1. 指导患者进行叩击排痰：采用视频宣教、模拟教学等方法，指导家属及陪护人员对术后患者进行叩击排痰。详见第九章第二节"围手术期气道管理"相应内容。

2. 拍背的频率：由下至上，由外至内，以 40 ～ 50 次 /min 的频率进行。

3. 拍背时钟：晨起、餐后两小时或餐前 30 分钟、雾化吸入治疗后。明天 3 ～ 4 次，每次 10 ～ 15 分钟。

4. 注意事项：拍背时避开心脏、脊柱等部位，拍背过程中观察患者面色、呼吸等，并注意保暖。

六、引流管护理

1. 妥善固定：明确标识，防止牵拉、脱出。卧床时用别针固定在床单上，下床时固定在衣服上。

2. 引流通畅：避免反折、受压，经常挤捏引流管，防止堵塞。

3. 防止感染：严格无菌操作，防止逆行感染，不要将引流袋放在地上。

4. 观察引流液：观察引流液颜色、性状、量，如有异常，及时汇报。

第三节　出院健康教育

出院宣教作为整体护理的重要组成部分，包括出院后饮食、活动、带管宣教、复查内容等方面，是患者出院后继续遵医和完全康复的前提和保障，高质量的出院宣教对疾病预后和转归具有积作用。

一、胃肠外科出院指导：

（一）饮食

要科学地进餐，合理安排饮食。术后流质饮食2周，半流质饮食4～6周。两个月后开始普食（软食为主）。

流质饮食是极易消化、含渣很少，成流体状态或在口腔内能融化为液体的饮食。可选用各种清淡的肉汤、牛初乳、麦乳精、浓米汤、蛋花汤、内酯豆腐、酸奶、藕粉、蔬菜汁、豆浆、豆腐脑、绿豆汤、米粉等，由淡到浓，每日6次。由50mL渐增至250mL。

半流质饮食是介于软食与流质饮食之间，外观呈半流质状态，细软、更易于咀嚼和消化的膳食，是少食多餐的进食形式。每隔2～3小时一餐，每天5～6餐。主食包括大米粥、小米粥、挂面或面条龙须面等，粥、面条里可加入碎菜叶、瘦肉末、鱼片、鸡丝等。副食：瘦猪肉、鸡肉、鱼块（海鱼河鱼不限，以清蒸、红烧、炖食为宜）、蛋类、豆制品、碎汁等。主食全天不超过300g，注意品种多样，以增进食欲。

出院一个月内多食高热量、高维生素的食物，能量需达到2400kcal/日，以后能量保持在2000kcal/日。从半流质饮食逐渐过渡到普通饮食。

蛋白质占总量的20%，其中优质蛋白质占1/3以上（如牛乳、豆腐、鱼类、蛋类、瘦肉等）；脂肪占总能量的15%～20%，其中饱和脂肪酸、不饱和脂肪酸与多饱和脂肪酸的比例为11：1：1；碳水化合物占总能量的

60％～65％。此外，还需适当增加膳食纤维。

适宜的食品有：牛乳、豆腐、蛋类、瘦肉、海鱼、海带（切成丝或薄片炖食，如排骨炖海带）；菌菇类，如香菇（切成碎丁炖食）、银耳、黑木耳（切成碎丁炖食）；人参；豆制品（干豆腐和豆腐泡不可以炒着吃，炖食好些）；蔬果类，如茄子、四季豆、红萝卜、白萝卜、大白菜、小白菜、南瓜、藕、笋、菠菜，及大蒜、姜、葱等（作为佐料不可以生吃，炖吃可以），苹果、大枣；茶叶等。少食多餐，逐渐恢复正常饮食。要达到每日至少4餐,持续至少3～4个月。由初期量少次数多，逐步过渡到量多次数少。细嚼慢咽，以口腔代替胃的部分消化功能，目的是减轻胃肠道的负担，防止由于食物消化不良引发腹泻或肠梗阻。可以根据患者的个人喜好，选择合适的品种合理搭配，多食维生素含量高的新鲜水果和蔬菜，忌食冷硬质的水果，如菠萝、李子、冻梨、香瓜、山楂（生）、烤地瓜等。如条件允许可用榨汁机，将大量水果、蔬菜榨汁饮用，利于吸收。

忌食食物：动物脂肪、生腌制虾蟹类、腌制加工的食物，酸泡食物，肉类的罐头食品，以及辛辣刺激性调味品，粘、冷、凉、硬食品，烧烤类，油炸食品，油腻食品等。

进食注意：饭前轻微活动5～10分钟，增进食欲；进餐环境愉快舒适，与他人共同进餐，经常改变食谱，适当服用开胃药（胃肠动力药：吗丁片或默沙比利片，助消化药物：多酶片或达吉胶囊）；牙齿不好的患者，应少食含有膳食纤维和动物肌纤维的食物，或经切碎煮烂后食用，同时注意补充菜汁、果汁等食物；制定规律的进食时间；戒除烟酒。平时注意适量补充营养药物：（1）主张长期服用复合维生素B族；（2）术后4个月内适时补充铁剂，并配合维生素B_{12}和叶酸片服用，目的是防止术后缺铁性贫血的发生；（3）适量补充钙剂如钙尔奇D或其他易吸收的补钙营养品。

（二）休息与锻炼

术后归家需要养成如下习惯：

1. 每天坚持温水泡脚至少 1 ～ 2 次。

2. 每天坚持下地活动，至少累计活动量 2 ～ 3 小时。

3. 每天坚持饮用温水（1500 mL ～ 2000 mL），并且至少吃一个苹果和一根香蕉。

4. 每天坚持口服蜂蜜水，防止便秘发生。保证充足的睡眠，生活要有规律。体力逐渐恢复后可增加活动量，最初是短时间的活动，并注意休息，从日光浴、散步等运动开始。在参加体育活动时心率应控制在 85 ～ 120 次 / 分为宜，依据自我感觉决定锻炼时间，初练者每次练到自我感觉最舒适时，就结束锻炼为宜。以后可以练到"形劳而神不倦"，不可贪多。气功和太极拳是很好的锻炼项目，此外，还可以做适当的保健按摩。另外，老年病人术后（或全胃术后及近端胃大部切除术后的病人）睡眠时需要上半身抬高 15°。

（三）心理调整

保持乐观、积极的心态，经常看相声小品、听音乐、与外界交流。学习相关疾病的科学知识，正确对待疾病，遇事沉着冷静，避免急躁，增强战胜疾病的信心，不但可以提高生活质量，还可以增强免疫力。

（四）定期复查

术后 3 个月复查一次。复查项目：胃肠透视（或胃镜）、B 超（肝胰、腹膜后、腹腔内）、血常规、肝功能、癌胚抗原（CEA）、甲胎蛋白（AFP）。病情有变化随时就诊，同时注意遵医嘱服药。服药期间注意查肝功能、血常规变化。

二、肝胆外科出院宣教

（一）胆囊切除术后健康宣教

少数患者出院后会出现腹泻症状，术后14天内建议选择低脂、易消化的流质食物，禁食高脂肪类和煎炸食品，菜肴以清蒸、炖煮、凉拌为主，少吃炒菜，忌食辛辣刺激食物，如洋葱、蒜、姜、辣椒和胡椒等。不饮酒，减少对胆道的不良刺激。1个月以后在清淡饮食的同时，加强必要的营养补充，每天可适当增加蛋白质摄入，以瘦肉、水产品、豆类为主。术后3～6个月内少吃多餐，每天以4餐为宜，控制进食总量，每餐特别是晚餐应七八分饱，减少消化系统的负担。每天蔬菜摄入量应大于500g，至少吃2种水果，多食含膳食纤维高的食物（如甘蔗），包括玉米、小米、燕麦等粗粮，适当多饮水，以利于手术后机体恢复。

1. 伤口护理

腹腔镜胆囊切除术（LC）一般术后2～3天出院，此时伤口未完全愈合，应告知患者注意保持伤口干洁，一般术后7天拆线，带有皮肤缝合器的患者可自行将皮肤缝合器取下，若伤口出现红肿、渗血、渗液等现象，应及时到医院就诊。

2. 休息

嘱患者出院后规律生活，勿熬夜，避免过度劳累和精神刺激。半年内勿从事体力活动，忌长时间坐卧，可适当参加体育锻炼和轻体力劳动，如散步、打太极拳等，以促进机体功能恢复。

3. 复查

指导患者出院后3个月复查肝功能及腹部B超。详细告知主管医师的门诊时间、地点、预约挂号方式（电话预约、微信预约、网上预约等）及科室咨询电话。

4. 不适随诊

患者出院后出现腹痛、黄疸、发热等不适及时就诊。

（二）胆囊切除、胆道探查术后出院健康教育

1. 饮食

（1）胆总管结石患者应多饮水，多喝米汤、藕粉糊、豆浆等食物，以降低胆汁黏稠度，有利于胆汁的分泌和排泄。

（2）少吃刺激的辛香料、酒精等促进胃液分泌的食物。

（3）限制含丰富动物性油脂的蛋、奶油、牛油、动物肝脏、鱼卵等食物的摄入。在术后1个月内，应减少脂肪类食物的摄入，禁食高脂肪类和煎炸食品。不吃或尽量少吃肥肉、动物内脏、蛋黄及油炸食品，也不宜吃高脂肪、高热量的"快餐食品"。

（4）饮食宜清淡，多吃蔬菜、水果，养成饮食定时、定量的习惯。

（5）禁食易产生气体的食物，如马铃薯、甘蔗、豆类、洋葱、萝卜、汽水饮料，以及酸性果汁、咖啡、可可等。

2. 伤口护理

出院后请保持伤口清洁干净，一般术后7天拆线。出院疾病诊断证明书上医生会注明拆线时间，请按照医生要求执行。拆线时请到正规诊所或医院拆线，拆完线敷料保留2～3天后再取下来。洗澡时请不要用喷头冲洗伤口，以防伤口裂开。若伤口出现红肿、渗血、渗液等现象，及时到医院就诊。

3. 休息

嘱患者出院后规律生活，勿熬夜，避免过度劳累和精神刺激。一般从事脑力劳动者1个月可正常工作，工作期间避免过分劳累，以不累为原则；体力劳动者1年后可恢复正常工作生活。

4. 锻炼

半年内避免抬举重物及从事重体力劳动，劳逸结合，避免久坐。可适当参加体育锻炼和轻体力劳动，如散步、慢跑、打太极拳、游泳。忌长时间坐卧，以促进机体功能恢复。

5. 带 T 管出院病人的护理

（1）妥善固定。

（2）观察引流液的量、性状及颜色。

（3）夹管实验，夹管的目的是通过外界压力使胆汁往肠道排出。病人可间断夹闭，观察有无腹胀、腹痛的情况，如果出现上述症状应立即打开，夹管时间每天逐渐增加，直到完全夹闭。

（4）每周更换引流袋，注意消毒，防止逆行感染。

（5）按照医生出院诊断证明书上的时间来院检查，行 T 管造影，造影后打开引流管夹子，放出造影剂，24 小时后拔管。

6. 复查

根据医生出院指导的医嘱确定复查时间。一般拔除 T 管后半年复查 1 次，主要行腹部 B 超检查。

（三）肝叶切除术出院宣教

1. 饮食

饮食宜清淡，勿暴饮暴食，以少食多餐为原则，做到"丰富多样、清淡营养、易消化吸收、少吃多餐"，进食高热量、高维生素、低脂肪饮食，如糖类、牛肉、鱼肉、海鲜类、番茄等。避免生冷、坚硬、油炸、辛辣及刺激性食物，如葱、姜、蒜、咖啡、浓茶等，多食新鲜蔬菜、水果，戒烟酒。应多吃以下食物：

（1）富含蛋白质食物：蛋白质是人体的基础营养，它是构成抗体、激素、酶和各种组织器官的基础成分，癌症患者的营养不良症，首先表现为蛋白质缺乏。病人体内一旦缺乏蛋白质，将导致免疫力下降、内分泌失调，外在表现为体力不济、患病难以康复、水肿等。肝癌手术后首先要提高蛋白质的摄入，鱼肉、禽肉、瘦肉、海产品、动物肝脏、牛奶、鸡蛋、大豆类均含有丰富的蛋白质。其中，鱼肉、禽肉的肌肉纤维细腻、脂肪含量较低、水分充足，更易于人体消化吸收，还可以每天适量喝一些牛奶。

（2）富硒食物：硒是重要的"护肝因子"，又被科学家称为人体微量元素中的"防癌之王"。硒具有强氧化性和强抗癌作用，肝癌手术后适当补硒可提高病人的免疫力、抗癌能力，切断癌细胞的给养源，减轻癌症疼痛及化疗的毒副作用。同时，硒的强氧化性还能促进肝脏排毒、抗毒，减轻肝脏的代谢负担。生活中的食物是硒的主要来源，一般来说，动物性食物的含硒量和吸收利用率普遍优于植物性食物，海产品最佳，其次是动物内脏，然后是蛋类、瘦肉，常见的植物性食物含硒量最低，甚至可以忽略不计。

（3）新鲜的水果和蔬菜：维生素也是人体必需的营养物质，肝癌手术后应进食适量的水果和蔬菜，以补充体内缺乏的多种维生素。很多维生素具有强氧化性，能帮助肝脏排毒，保护肝细胞不受病毒感染，防止病情反复发作。癌症病人不用刻意去挑选水果和蔬菜，根据口味喜好交替食用就好，也可以用水果汁和蔬菜汁来代替。

2. 休息

嘱患者出院后规律生活，勿熬夜，避免过度劳累和精神刺激等。一般从事脑力劳动者1个月可正常工作，工作期间避免过分劳累，以不累为原则；体力劳动者1年后可恢复正常生活。半年内避免抬举重物及从事重体力劳动，劳逸结合，避免久坐。生活作息应有规律，避免熬夜。

3. 锻炼

半年内勿从事重体力活动，忌长时间坐卧，可适当参加体育锻炼和体力劳动，如散步、打太极拳，以促进机体功能恢复。

4. T 管护理

出院后 T 管需持续夹闭，在家尽量穿宽松舒适衣裤，淋浴时用塑料薄膜覆盖引流管口处，以防感染。注意保护好引流管，勿脱出，发现 T 管脱出时，不要惊慌，不要将脱出部分重新插入，先将 T 管固定好，然后立即来医院就诊。引流管周围定时换药，若伤口敷料渗湿应立即更换。每周更换引流袋 1 次。观察有无腹痛、黄疸、寒战、发热等，出现腹部胀痛时，先松开引流管，症状缓解后再行夹管，如松开引流管后仍腹胀，出现发热、黄疸等不适应及时就医。

5. 用药指导

肝癌患者常伴有乙肝，一部分乙肝 DNA 高的患者出院后需要长期服用恩替卡韦等抗乙肝病毒药物，指导患者按时坚持服药，停药需要在医生指导下进行。

6. 复查

常规出院后 1 个月需要复查肝功能、B 超，连续复查 3 个月；3 个月复查正常后改为每 3 个月 1 次，连续复查 1 年；1 年复查正常后改为每 6 个月复查 1 次，连续复查 3 年；3 年复查正常后改为每 1 年后复查 1 次。

7. 告知患者如何在"熙心健康—居家照护"平台预约上门护理。

（四）胰十二指肠切除术后出院宣教

1. 饮食

避免高动物蛋白、高脂肪饮食。研究表明，这类食物摄入过多，患胰腺癌的概率明显升高。欧美等发达国家居民胰腺癌发病概率相对较高，多与此有关。应保证饮食中肉、蛋、蔬菜、水果、粗粮的合理搭配，不挑食、偏食，少吃煎、炸、烤制食品，适当增加粗粮和蔬菜、水果的摄入。

2. 伤口护理

应告知患者注意保持伤口干洁。若伤口出现红肿、渗血、渗液等现象，应及时到医院就诊。

3. 戒烟

烟草中含多种致癌物质，会增加患胰腺癌的风险。

4. 锻炼

坚持锻炼身体，保持良好情绪，对抵抗癌症也有作用。

5. 忌暴饮暴食和酗酒

暴饮暴食和酗酒，是导致慢性胰腺炎的主要原因，而胰腺在慢性炎症的长时间刺激下，也会增加致癌危险。

6. 防护

少接触萘胺和苯胺等有害化学物质。研究显示，长时间接触这些化学物质者，患胰腺癌风险较常人高约 5 倍。因工作需要长时间接触这些化学物质，应做好防护。

7. 休息

出院后规律生活，勿熬夜，避免过度劳累和精神刺激。

8. 按计划行化疗等综合治疗

放、化疗期间定期复查血常规，若白细胞过低，应遵医嘱暂停化疗。

9. 复查和不适随访

出院后每 3 个月复查 1 次，以发现身体状况有无改变。若出现腹痛、黄疸、乏力、发热等症状，及时到医院复查。这些症状表明胰腺癌有复发的可能，复查项目包括体格检查、血常规、CT 等。

|第十二章|

加速康复外科出院管理

第一节　出院标准

加速康复外科出院基本标准：应制定以保障病人安全为基础的、可量化的、具有可操作性的出院标准，如恢复半流质饮食或口服辅助营养制剂；无须静脉输液治疗；口服镇痛药物可良好止痛；伤口愈合佳，无感染迹象；器官功能状态良好，可自由活动；病人同意出院。

需要注意的是加速康复外科不等同于减少患者住院时间，加速患者出院。患者出院需做好生理、心理及社会方面的综合准备。出院前对患者进行出院准备度评估可避免患者过早出院，从而减少出院后并发症、降低再入院率并节省医疗费用。

出院准备度是指医务人员综合患者的生理、心理和社会方面的健康状况，分析判断患者在多大程度上具备离开医院、回归社会、进一步康复和复健的能力。

出院准备度量表（readiness for hospital discharge scale，RHDS）由 Weiss

等编制，赵会玲等翻译，共23个条目，4个维度：自身状况（7个条目）、疾病知识（9个条目）、出院后的应对能力（3个条目）、可获得的社会支持（4个条目）。该量表为自评求和等级量表，第1个条目为是非题，计入总分，其余条目均采用Likert 5级评分法，其条目3和条目6为反向计分，总分越高表明出院准备度越高。

表12-1　出院准备度量表

1.当您想到出院的时候，您觉得您为出院回家做好准备了吗？	没有准备							准备好了			
2.就您的身体状况来说，您觉得您为出院回家准备好了吗？	0	1	2	3	4	5	6	7	8	9	10
	完全没准备好							完全准备好了			
3.您今天疼痛或不适的程度如何？	0	1	2	3	4	5	6	7	8	9	10
	没有疼痛/不适							严重疼痛/不适			
4.您今天的体力如何？	0	1	2	3	4	5	6	7	8	9	10
	非常虚弱							强壮			
5.您今天的精力如何？	0	1	2	3	4	5	6	7	8	9	10
	完全没有精力							精力充沛			
6.今天出院，您感觉心理压力有多大？	0	1	2	3	4	5	6	7	8	9	10
	没有							很大			
7.您在心理上做好了出院回家的准备吗？	0	1	2	3	4	5	6	7	8	9	10
	没有准备好							完全准备好了			
8.您怎样描述您今天在身体方面的自我照顾能力（如：清洁卫生、步行、如厕）？	0	1	2	3	4	5	6	7	8	9	10
	不能							完全能			
9.您知道多少出院回家后疾病的自我照护知识？	0	1	2	3	4	5	6	7	8	9	10
	一点都不知道							完全知道			
10.您知道多少出院回家后满足您个人需要方面的知识（如：清洁卫生、洗澡、如厕、就餐）？	0	1	2	3	4	5	6	7	8	9	10
	一点都不知道							完全知道			
11.您知道多少出院回家后满足您医疗需要方面的知识（如：用药、复查）？	0	1	2	3	4	5	6	7	8	9	10
	一点都不知道							完全知道			

（续表）

	0	1	2	3	4	5	6	7	8	9	10
12. 您知道多少出院回家后需要严密观察的问题？	0	1	2	3	4	5	6	7	8	9	10
			一点都不知道						完全知道		
13. 您知道出院回家后若遇到问题该在何时向谁寻求帮助吗？	0	1	2	3	4	5	6	7	8	9	10
			一点都不知道						完全知道		
14. 您知道多少出院回家后的注意事项（即哪些允许做和哪些不允许做）？	0	1	2	3	4	5	6	7	8	9	10
			一点都不知道						完全知道		
15. 您知道多少出院回家后下一步的治疗计划？	0	1	2	3	4	5	6	7	8	9	10
			一点都不知道						完全知道		
16. 您知道多少出院回家后在您所在社区可以提供的保健设施和信息（如：社区康复活动、建档、家访）？	0	1	2	3	4	5	6	7	8	9	10
			一点都不知道						完全知道		
17. 您觉得您有多少能力满足在家生活方面的需求（如：情感、物质、环境需求）？	0	1	2	3	4	5	6	7	8	9	10
			完全不能						相当好		
18. 您觉得您有多少能力完成好在家的个人照护（如：清洁卫生、洗澡、如厕、就餐）？	0	1	2	3	4	5	6	7	8	9	10
			完全不能						相当好		
19. 您觉得您有多少能力完成好在家的后续治疗（如：康复锻炼、按照正确的次数和时间服药）？	0	1	2	3	4	5	6	7	8	9	10
			完全不能						相当好		
20. 您出院回家后可以获得多少情感支持？	0	1	2	3	4	5	6	7	8	9	10
			没有						非常多		
21. 您出院回家后在个人照护方面可以获得多少帮助？	0	1	2	3	4	5	6	7	8	9	10
			没有						非常多		
22. 您出院回家后在家务事上可以获得多少帮助（如煮饭、清洗、购物、照看小孩）？	0	1	2	3	4	5	6	7	8	9	10
			没有						非常多		
23. 您出院回家后在医疗照护方面可以获得多少帮助（如：按时服药、复诊）？	0	1	2	3	4	5	6	7	8	9	10
			没有						非常多		

第二节　延续性护理服务

2003 年美国老年医学会（GSA）对延续性护理的定义是：通过一系列的行动设计用以确保病人在不同的健康照护场所（如从医院到家庭）及同一健康照护场所（如医院的不同科室）收到不同水平的协调性与延续性的照护。通常是指从医院到家庭的延伸，包括经由医院制定的出院计划、转诊、病人回归家庭或社区后的持续性的随访与指导。

对患者提供延续性护理能够改善病人的健康结果，减少病人急诊的次数，降低其急性住院后的再入院率，从而降低病人的卫生服务成本，还可以减轻患者焦虑、提高自我护理能力，提高患者满意度，具有一定的经济效益及社会效益，是加速康复外科院外重要的实施步骤。

1. 随访

加强病人出院后的随访，建立明确的再入院的"绿色通道"。随访范围包括所有出院后需院外继续治疗、康复和定期复诊的患者。

随访方式包括电话随访、网络随访和接受咨询、居家护理上门服务，随访内容包括：了解患者出院后的治疗效果、病情变化和恢复情况，进行患者如何用药、如何康复、何时回院复诊、病情变化后的处置意见等专业技术性指导。随访时间应根据患者病情、术式和治疗需要而定，出院后 2 周内随访 1 次，需长期治疗的慢性患者或疾病恢复慢的患者每个月至少随访 1 次。

随访者由患者住院期间的主管医师和责任护士负责。随访情况由主管医师、责任护士按要求填写在出院患者信息档案中随访记录部分，并根据随访情况决定是否与上级医师和科主任一起随访。随访时，随访者应仔细听取患者或家属意见，采纳合理化建议，做好随访记录。随访中，对患者的询问、意见，如不能当即答复，应告知相关科室电话号码或帮其预约专家。应预约下次复查时间，肿瘤患者应告知下一步治疗方案。

2."互联网+"平台运用

随着医改不断深化及国家"互联网+"的推进落实，"互联网+"结合延续性护理模式的应用得到大力推广，可以有效提高术后患者自我管理能力，促进了延续性护理多学科协作，加速了术后患者康复进程。

（1）微信社交平台。微信社交平台可为患者提供一个检索信息、分享经验、学习技巧的平台。搭建互联网医院小程序，实现网上问诊，上传复查资料，实时与主管医生进行沟通；创建微信公众号，发布健康教育资料、查询复诊流程，实行网上预约挂号；建立出院患者微信医护患沟通群，主管医护人员在线解答患者疑问。

（2）"互联网+"居家照护。居家照护主要是针对在社区、居家条件下进行医疗护理的患者，特别是高龄或失能老年人、康复期和终末期患者等行动不便的人群以及出院患者，提供线上线下的专业照护和健康指导，延伸提供优质护理服务。

对于加速康复外科出院患者开展的项目包括康复护理、专项护理、健康教育等方面的护理服务，分健康促进、常用临床护理、专科护理三大类。主要有 PICC 维护、输液港维护、鞘内镇痛维护、压疮造口护理、微创术后换药拆线、管道护理（胃管、导尿管、PTCD 管、T 管等）、肺康复等服务项目。

参考文献

[1] 中国医学会糖尿病学分会. 中国 2 型糖尿病防治指南（2017 年版）[J]. 中国实用内科杂志，2018，38（4）：292–344.

[2] 陈凛，陈亚进，董海龙，等. 加速康复外科中国专家共识及路径管理指南（2018 版）[J]. 中国实用外科杂志，2018，38（1）：1–20.

[3] 黎介寿. 营养支持治疗与加速康复外科 [J]. 肠外与肠内营养，2015，22（2）：65–67.

[4] 徐建国. 成人手术后疼痛处理专家共识 [J]. 临床麻醉学杂志，2017，33（9）：911–917.

[5] 徐杰. 微信公众平台在医院健康教育中的应用 [J]. 中国健康教育，2015，31（1）：86–87.

[6] 江志伟，李宁. 结直肠手术应用加速康复外科中国专家共识（2015 版）[J]. 中华结直肠疾病电子杂志，2015，4（5）：2–5.

[7] 车国卫，吴齐飞，邱源，等. 多学科围手术期气道管理中国专家共识（2018 版）[J]. 中国胸心血管外科临床杂志，2018，25（7）：545–549.

[8] 张茜，仵晓荣. 加速康复外科在临床中的应用进展 [J]. 护理研究，2018，32（2）：191–195.

[9] 英卫东. 加速康复外科多学科团队建设 [J]. 中华外科杂志，2018，56（1）：14–17.

[10] 刘冰心，郭婷. 胃癌手术患者快速康复外科护理中量化活动方案的实施 [J]. 护理学杂志，2018，33（10）：23-26.

[11] 张继芝，李秀娥，徐玉芝，等. 多学科合作加速康复外科工作模式下的护理管理实践及效果评价 [J]. 中国护理管理，2018，18（4）：546-552.

[12] 杨洋，夏灿灿，江志伟，等. 多模式健康宣教在 ERAS 胃癌病人术后早期饮水进食中的应用及效果评价 [J]. 肠外与肠内营养，2018，25（1）：24-27.

[13] 陈佳佳，童莺歌，黎晓艳，等. 中文版行为疼痛评估工具的研究进展 [J]. 护理研究，2017，31（32）：4043-4047.

[14] 高明，葛明华. 甲状腺外科 ERAS 中国专家共识（2018 版）[J]. 中国肿瘤，2019，28（1）：26-38.

[15] 彭南海，夏灿灿，杨洋，等. 院前干预联合延续护理在加速康复外科胃肠肿瘤患者中的应用及效果评价 [J]. 护理管理杂志，2017，17（11）：831-833.

[16] 李智，龚姝. 加速康复外科理念下促进腹部手术患者术后早期下床活动的研究进展 [J]. 中国护理管理，2019，19（1）：142-145.

[17] 赵红，童天娇，胡少华，等. "互联网 +" 医院—社区—家庭伤口造口智慧护理服务模式的构建 [J]. 中国护理管理，2019，19（11）：1601-1603.

[18] 江志伟. 加速康复外科学的概念与发展历史 [J]. 中华普通外科杂志，2018，33（8）：625-626.

[19] 林德新，李旋，张勇，等. 加速康复外科程序在肝胆管结石肝切除术中的应用 [J]. 中国普通外科杂志，2018，27（2）：169-174.

[20] 吴艳，杨建全. 八段锦联合中药治疗对慢性阻塞性肺疾病呼吸功能的影响 [J]. 中国老年学杂志，2019，39（2）：326-329.

[21] 朱维铭，许奕晗，黎介寿. 围手术期处理进展——ERAS、围手术期外科之家与围手术期医学 [J]. 中国实用外科杂志，2019，39（2）：118-121.

[22] 李燕，李静，刘伟洁，等. 加速康复外科理念下胃癌手术患者出院准备度现状及其影响因素分析 [J]. 中国护理管理，2018，18（11）：1527-1531.

[23] 赵玉沛，李宁，杨尹默，等. 中国加速康复外科围手术期管理专家共识（2016）[J]. 中华外科杂志，2016，54（6）：413-418.

[24] 荚卫东. 肝切除术后加速康复质量控制与持续改进 [J]. 中国普通外科杂志，2018，27（1）：1-5.

[25] 张茜，仵晓荣，刘红梅. 我国加速康复外科护理的发展现状及前景 [J]. 护理研究，2018，32（23）：3660-3663.

[26] 郭辉，沙丽艳，蒲丛珊，等. "互联网 +"应用于术后患者延续性护理的研究进展 [J]. 中国护理管理，2019，19（7）：1045-1049.

[27] 国家卫生健康委员会医管中心加速康复外科专家委员会，浙江省医师协会临床药师专家委员会，浙江省药学会医院药学专业委员会. 中国加速康复外科围手术期非甾体抗炎药临床应用专家共识 [J]. 中华普通外科杂志，2019，34（3）：283-288.

[28] 邱田，刘子嘉，黄宇光. 预康复在加速术后康复中的价值 [J]. 临床麻醉学杂志，2018，34（3）：296-298.

[29] 郭仲，冀赛光，徐杨，等. 术前预康复对食管癌病人术后营养状况与人体体成分的影响 [J]. 肠外与肠内营养，2018，25（3）：156-160.

[30] 贺育华，杨婕，蒋理立，等. 加速康复外科模式下结直肠癌患者出院准备度与出院指导质量现状调查 [J]. 护理学杂志，2019，34（10）：17-19.

[31] 陈创奇，姜海平，陈剑辉，等. 口服营养补充对结直肠手术患者加速康复的全程管理岭南专家共识（2018 版）——广东省医师协会加速康复外科医师分会 [J]. 消化肿瘤杂志（电子版），2018，10（4）：167-172.

[32] 陆静，余清萍，彭红，等. 个体化电话随访模式在日间手术患者术后延续性护理中的应用 [J]. 当代护士（下旬刊），2018，25（3）：92-93.

[33] 陈强谱，冀海斌，魏强. 加速康复外科理念下围手术期营养管理 [J]. 中华普通外科学文献（电子版），2018，12（5）：289-291.

[34] 王梅，彭南海，江志伟，等.6 min 步行试验应用于加速康复外科患者早期活动能力评估的进展 [J]. 解放军护理杂志，2017，34（9）：56-58.

[35] 宋美璇，李显蓉. 基于集束化护理的加速康复外科在老年结直肠癌病人中应用的研究进展 [J]. 护理研究，2019，33（17）：2979-2982.

[36] 陈焕伟，雷秋成. 加速康复外科在肝切除围手术期中的应用现状及经验介绍 [J]. 中华肝脏外科手术学电子杂志，2019，8（2）：96-100.

[37] 方汉萍，李蓉蓉，蔡纯，等. 加速康复外科护理专业组管理模式构建及应用研究 [J]. 护理学杂志，2019，34（20）：5-8.

[38] 杨梅，牛玲莉，郑娥，等. 基于加速康复外科理念肺癌患者出院准备度与出院指导质量现状及相关性分析 [J]. 中国胸心血管外科临床杂志，2019，26（9）：905-909.

[39] 胡建利，施雁，陈明君，等. 围手术期病人深静脉血栓基础预防研究进展 [J]. 护理研究，2019，33（23）：4065-4068.

[40] 袁国琴，郑露.ERAS 理念全程教育对胸腔镜下肺癌根治术后患者康复的影响 [J]. 中国现代医生，2020，58（8）：165-168.

[41] 罗鸿萍，王婷，李蓉蓉. 多模式全程化健康教育在肝脏外科快速康复中的应用 [J]. 腹部外科，2019，32（5）：381-384.

[42] 任子淇，许勤，张天资. 预康复在癌症患者中应用的研究进展 [J]. 中国康复医学杂志，2019，34（4）：487-490.

[43] 陈静娜，陆关珍，吴婷婷，等. 预康复策略在加速康复外科领域中的研究现状及展望 [J]. 中西医结合护理，2019，5（12）：149-152.

[44] 李燕，郑雯，葛静萍. 下肢深静脉血栓形成介入治疗护理规范专家共识 [J]. 介入放射学杂志，2020，29（6）：531-540.

[45] 韩秀鑫，初同伟，董扬，等. 中国骨肿瘤大手术静脉血栓栓塞症防治专家共识 [J]. 中华骨与关节外科杂志，2020，13（5）：353-360.

[46] 广东省药学会. 加速康复外科围手术期药物治疗管理医药专家共识 [J]. 今日药学，2020，30（6）：361-371.

[47] 刘天艺，喻姣花，李素云，等. 成人围手术期肺康复管理的最佳证据总结 [J]. 护理学杂志，2021，36（2）：88-92.

[48] 顾卫东，赵璇，何振洲. 普通外科围手术期疼痛管理上海专家共识（2020 版）[J]. 中国实用外科杂志，2021，41（1）：31-37.

[49] 支修益，刘伦旭. 中国胸外科围手术期气道管理指南（2020 版）[J]. 中国胸心血管外科临床杂志，2021，28（3）：251-262.

[50] 杜江，屈俊宏. 一站式快捷术前准备模式应用于关节置换择期手术患者的效果评价 [J]. 中国护理管理，2019，19（10）：1547-1551.

[51] 彭琳，梁玮玮，武玲，等. 外科重症监护病房内术后病人早期下床活动护理评估的研究进展 [J]. 全科护理，2020，18（19）：2357-2360.

[52] 冯帅，肖玮，王天龙. 加速术后康复新理念与临床路径研究进展 [EB/OL].[2021-05-18].https：//doi.org/10.15932/j.0253-9713.2021.05.035.

[53] Bisch S P, Jago C A, Kalogera E, et al.Outcomes of enhanced recovery after surgery（ERAS）in gynecologic oncology-a systematic review and meta-analysis[J]. Gynecologic Oncology，2021.

[54] Anees B, Chagpar. Enhanced recovery after surgery : moving toward best practice[J].Annals of Surgical Oncology, 2021.

[55] Hill A G. Enhanced recovery after surgery : tips and tricks for success[J].ANZ Journal of Surgery, 2021.

[56] Pache B, M Hübner, Martin D, et al. Requirements for a successful enhanced recovery after surgery (ERAS) program : a multicenter international survey among ERAS nurses[J].European Surgery, 2021.

[57] Monte S V, Rafi E, Cantie S, et al. Reduction in opiate sse, pain, nausea, and length of stay after Implementation of a bariatric enhanced recovery after surgery protocol[J].Obesity Surgery, 2021.

[58] Baimas-George M, Cochran A, Tezber K, et al. A 2-Year experience with enhanced recovery after surgery : evaluation of compliance and outcomes in pancreatic surgery[J].Journal of Nursing Care Quality, 2021.

[59] Ren L, Zhang M, Zhang Y. Clinical application of enhanced recovery after surgery in the treatment of choledocholithiasis by ERCP[J].Medicine, 2021.

[60] F Julien Marsollier, D Michelet, Assaker R, et al. Enhanced recovery after surgery : many ways for the same destination[J].Pediatric Anesthesia, 2021.

[61] Gonzalo P, Laiz R, Cándido F, et al. Fast-Track Liver Transplantation : Six-year Prospective Cohort Study with an Enhanced Recovery After Surgery (ERAS) Protocol[J].World Journal of Surgery, 2021.

[62] Rydmark Kersley Åsa, Berterö Carina. Women's experiences of an enhanced recovery after surgery program : a qualitative study[J]. Nursing & Health Sciences, 2021.

[63] Shao W, Wang H, Chen Q, et al. Enhanced recovery after surgery nursing program, a protective factor for stoma-related complications in patients with low rectal cancer[J].BMC Surgery, 2020.

[64] Wataru N, Shigehito M, Kazuaki T, et al. Effect of enhanced recovery after surgery protocol on recovery after open hepatectomy : a randomized clinical trial[J].Annals of surgical treatment and research, 2020.

[65] Sang H S, Kang W H, Han I W, et al. National survey of korean hepatobiliary−pancreatic surgeons on attitudes about the enhanced recovery after surgery protocol[J]. Annals of hepato−biliary−pancreatic surgery, 2020.

[66] Wainwright Thomas W. The quality improvement challenge−how nurses and allied health professionals can solve the knowing−doing gap in enhanced recovery after surgery (ERAS) [J].Medicina (Kaunas, Lithuania), 2020.

[67] Dina Salah. Perioperative nutrition to enhance recovery after surgery[J].Ain− Shams Journal of Anaesthesiology, 2016.

[68] Rollins K E, Lobo D N, Joshi G P. Enhanced recovery after surgery : current status and future progress[J].Best Practice & Research Clinical Anaesthesiology, 2020.

[69] Melloul E, Lassen K, D Roulin, et al. Guidelines for Perioperative Care for Pancreatoduodenectomy : Enhanced Recovery After Surgery (ERAS) Recommendations 2019 [J].World journal of surgery, 2020.

[70] Deshpande S, Robertson B. Perioperative pain management in colorectal surgery[J]. Surgery (Oxford), 2020.

[71] Fujio A, Miyagi S, Tokodai K, et al. Effects of a new perioperative enhanced recovery after surgery protocol in hepatectomy for hepatocellular carcinoma[J].Surgery Today : Official Journal of the Japan Surgical Society, 2020.

[72] Xu Q, Zhu M, Li Z, et al. Enhanced recovery after surgery protocols in patients undergoing liver transplantation : a retrospective comparative cohort study[J]. International Journal of Surgery, 2020.

[73] Balfour A, Burch J, Fecher-Jones I, et al. Exploring the fundamental aspects of the Enhanced Recovery After Surgery nurse' s role[J]. Nursing standard : official newspaper of the Royal College of Nursing, 2020.

[74] Fung Andrew K Y, Chong Charing C N, Lai Paul B S. ERAS in minimally invasive hepatectomy[J].Annals of hepato–biliary–pancreatic surgery, 2020.

[75] Enhanced recovery after surgery for liver resection surgery[J].Digestive Medicine Research, 2019.

[76] Arrick L, Mayson K, Hong T, et al. Enhanced recovery after surgery in colorectal surgery : Impact of protocol adherence on patient outcomes[J]. Journal of Clinical Anesthesia, 2019.

[77] Briguglio M, Gianola S, Aguirre M, et al. Nutritional support for enhanced recovery programs in orthopedics : Future perspectives for implementing clinical practice[J].Retour au num é ro, 2019.

[78] Dbmr A, Axmm B. Nursing Perspectives on Enhanced Recovery After Surgery[J].The Surgical clinics of North America, 2018.

[79] Taurchini M, Del Naja C, Tancredi A. Enhanced Recovery After Surgery : a patient centered process[J].Journal of Visualized Surgery, 2018.

[80] Nursing Interventions in the Enhanced Recovery After Surgery® : Scoping Review[J].Revista Brasileira de Enfermagem, 2018.

[81] Liang Y Z, Zi J L, Le S, et al. Application of Cardiopulmonary Exercise Testing in Enhanced Recovery after Surgery[J]. Acta Academiae Medicinae Sinicae, 2017.

[82] Barton J G. Enhanced recovery pathways in pancreatic surgery[J].The Surgical clinics of North America, 2016.

附　录

住院病人营养风险筛查评估表（NRS 2002）

项目	评估日期
年龄 ≥ 70 岁	
骨盆骨折或者慢性病患者合并有以下疾病: 肝硬化、慢性阻塞性肺疾病、长期血液透析、糖尿病、肿瘤	
腹部重大手术、中风、重症肺炎、血液系统肿瘤	
颅脑损伤、骨髓抑制、急性生理学及慢性健康状况评分（APACHE）> 10 分的 ICU 患者	
正常营养（营养状态）	
3 个月内体重减轻 > 5% 或最近 1 个星期进食量（与需要量比）减少 25% ~ 50%	
2 个月内体重减轻 > 5% 或 BMI 18.5 ~ 20.5 或最近一个星期进食量（与需要量相比）减少 50% ~ 75%	
1 个月内体重减轻 > 5%（或 3 个月内减轻 > 15%）或 BMI < 18.5（或血清蛋白 < 35 g/L）或最近 1 星期进食量（与需要量相比）减少 75% ~ 100%	

营养风险总评分 = 疾病有关评分 + 营养状态有关评分 + 年龄评分

注：总分最高为 7 分；< 3 分为营养正常，且住院期间需定期复查 NRS 2002；≥ 3 分为患者存在营养风险，应接受营养支持。

营养风险评估的干预措施：

1. 对于总分 ≥ 3 分的患者，选择肠内营养供给（根据营养不良的程度按需补充营养素）。

2. 对于伴有进食困难、吞咽障碍的患者予鼻饲，根据个人情况选择合适的肠内营养液。

3. 对于需禁食的患者，根据医嘱予静脉营养。

4. 对于以上措施效果不佳者，请营养科会诊后遵医嘱处理。

营养风险评分宣教：

1. 低盐低脂饮食，降低卒中再发风险。

2. 戒烟戒酒。

3. 对于体重持续减轻，经静脉营养和肠内营养后仍未控制者，及时请营养科医生会诊或门诊进行营养咨询。

附录二

指导语：此量表由 20 道题组成，请根据您近 1 周的感觉来进行评分。因为是自我评价，不要别人参加评价，也不用别人提醒。

焦虑自评量表（SAS）

姓名：　　病案号：　　登记号：　　性别：

年龄：　　科　别：　　病　区：　　床号：

序号	量表内容	没有或很少时间有	有时有	大部分时间有	绝大部分或全部时间都有
1	我觉得比平常容易紧张和着急（焦虑）	1	2	3	4
2	我无缘无故地感到害怕（害怕）	1	2	3	4
3	我容易心里烦乱或觉得惊恐（惊恐）	1	2	3	4
4	我觉得我可能将要发疯（发疯感）	1	2	3	4
5	*我觉得一切都很好，也不会发生不幸（不幸预感）	4	3	2	1
6	我手脚发抖打战（手足颤抖）	1	2	3	4
7	我因为头痛、颈痛和背痛而苦恼（躯体疼痛）	1	2	3	4
8	我感觉容易衰弱和疲乏（乏力）	1	2	3	4
9	*我觉得心平气和，并且容易安静坐着（静坐不能）	4	3	2	1
10	我觉得心跳很快（心悸）	1	2	3	4
11	我因为一阵阵头晕而苦恼（头昏）	1	2	3	4
12	我有晕倒发作或觉得要晕倒似的（晕厥感）	1	2	3	4
13	*我呼气、吸气都感到很容易（呼吸困难）	4	3	2	1
14	我手脚麻木和刺痛（手足刺痛）	1	2	3	4
15	我因为胃痛和消化不良而苦恼（胃痛或消化不良）	1	2	3	4
16	我常常要小便（尿意频数）	1	2	3	4
17	*我的手常常是干燥温暖的（易干燥）	4	3	2	1

（续表）

序号	量表内容	没有或很少时间有	有时有	大部分时间有	绝大部分或全部时间都有
18	我脸红发热（面部潮红）	1	2	3	4
19	*我容易入睡并且一夜睡得很好（睡眠障碍）	4	3	2	1
20	我做噩梦（噩梦）	1	2	3	4
得分					
标准分＝得分×1.25（取整数）					

评估时间： 年 月 日 时 分

使用说明：

1. SAS 采用 4 级评分，主要评定症状出现的频度，分别为："没有或很少时间有""有时有""大部分时间有""绝大部分或全部时间都有"。

2. 20 个条目中有 15 项是用负性词陈述的，按上述 1～4 顺序评分。其余 5 项（第 5、9、13、17、19 项）注 * 号者，是用正性词陈述的，按 4～1 顺序反向计分。

标准分 = 得分 ×1.25（四舍五入取整数）

3. 按照中国常模结果，SAS 标准分的分界值为 50 分，其中 50～59 分为轻度焦虑，60～69 分为中度焦虑，70 分以上为重度焦虑。

4. 轻度以上焦虑结果报告医生，轻度焦虑制订针对性护理计划，中重度焦虑申请心灵关怀小组会诊。

附录三

指导语：此量表由 20 道题组成，请根据您近 1 周的感觉来进行评分。因为是自我评价，不要别人参加评价，也不用别人提醒。

抑郁自评量表（SDS）

姓名：　　　　病案号：　　　　登记号：　　　　性别：

年龄：　　　科　别：　　　病　区：　　　床号：

序号	量表内容	没有或很少时间有	有时有	大部分时间有	绝大部分或全部时间都有
1	我觉得闷闷不乐，情绪低沉（忧郁）	1	2	3	4
2	*我觉得一天中早晨最好（晨重夜轻）	1	2	3	4
3	我一阵阵哭出来或觉得想哭(易哭)	1	2	3	4
4	我晚上睡眠不好（睡眠障碍）	1	2	3	4
5	*我吃得跟平常一样多(食欲减退)	4	3	2	1
6	*我与异性密切接触时和以往一样感到愉快（性兴趣减退）	1	2	3	4
7	我发觉我的体重在下降(体重减轻)	1	2	3	4
8	我有便秘的苦恼（便秘）	1	2	3	4
9	我心跳比平常快（心悸）	4	3	2	1
10	我无缘无故地感到疲乏（易倦）	1	2	3	4
11	*我的头脑和平常一样清楚（思考困难）	1	2	3	4
12	*我觉得经常做的事情并没有困难（能力减退）	1	2	3	4
13	我觉得不安而且平静不下来（不安）	4	3	2	1
14	*我对未来抱有希望（绝望）	1	2	3	4
15	我比平常容易生气激动（易激动）	1	2	3	4
16	*我觉得做出决定是容易的（决断困难）	1	2	3	4
17	*我觉得自己是个有用的人，有人需要我（无用感）	4	3	2	1

（续表）

序号	量表内容	没有或很少时间有	有时有	大部分时间有	绝大部分或全部时间都有
18	*我的生活过得很有意思（生活空虚感）	1	2	3	4
19	我认为如果我死了，别人会生活得更好（无价值感）	4	3	2	1
20	*平常感兴趣的事我仍然感兴趣（兴趣丧失）	1	2	3	4
	得分				
	标准分＝得分×1.25（取整数）				

评估时间：　　年　　月　　日　　时　　分

使用说明：

1. SAS 采用 4 级评分，主要评定症状出现的频度，其标准为："1"表示没有或很少时间有；"2"表示有时有；"3"表示大部分时间有；"4"表示绝大部分或全部时间都有。

2. 20 个条目中有 l0 项是用负性词陈述的，按上述 1～4 顺序评分。其余 10 项（第 2、5、6、11、12、14、16、17、18、20 项）注 * 号者，是用正性词陈述的，按 4～1 顺序反向计分。

标准分 = 得分 ×1.25（四舍五入取整数）

3. 按照中国常模结果，SDS 标准分的分界值为 53 分，其中 53～62 分为轻度抑郁，63～72 分为中度抑郁，72 分以上为重度抑郁。

4. SDS 总分的正常上限为 41 分，分值越低状态越好。标准分为总分乘以 1.25 后所得的整数部分。我国以 SDS 标准分≥50 为有抑郁症状。

5. SDS 主要适用于具有抑郁症状的成年人，心理咨询门诊、精神科门诊或住院精神病人均可使用。

6. 关于抑郁症状的分级，除参考量表分值外，主要还要根据临床症状，特别是主要症状的程度来划分，量表分值仅能作为一项参考指标而非绝对标准。

附录四

匹兹堡睡眠质量指数（PSQI）

下面一些问题是关于您最近 1 个月的睡眠情况，请选择填写最符合您近 1 个月实际情况的答案。请回答下列问题：

1. 近 1 个月，晚上上床睡觉通常是（　）点钟。

2. 近 1 个月，从上床到入睡通常需要（　）分钟。

3. 近 1 个月，通常早上（　）点起床。

4. 近 1 个月，每夜通常实际睡眠（　）小时（不等于卧床时间）。

对下列问题请选择 1 个最适合您的答案。

5. 近 1 个月，因下列情况影响睡眠而烦恼：

a. 入睡困难（30 分钟内不能入睡）

（1）无　　（2）＜ 1 次 / 周　　（3）1 ～ 2 次 / 周　　（4）≥ 3 次 / 周

b. 夜间易醒或早醒

（1）无　　（2）＜ 1 次 / 周　　（3）1 ～ 2 次 / 周　　（4）≥ 3 次 / 周

c. 夜间去厕所

（1）无　　（2）＜ 1 次 / 周　　（3）1 ～ 2 次 / 周　　（4）≥ 3 次 / 周

d. 呼吸不畅

（1）无　　（2）＜ 1 次 / 周　　（3）1 ～ 2 次 / 周　　（4）≥ 3 次 / 周

e. 咳嗽或鼾声高

（1）无　　（2）＜ 1 次 / 周　　（3）1 ～ 2 次 / 周　　（4）≥ 3 次 / 周

f. 感觉冷

（1）无　　（2）＜ 1 次 / 周　　（3）1 ～ 2 次 / 周　　（4）≥ 3 次 / 周

g. 感觉热

（1）无　　（2）＜ 1 次 / 周　　（3）1 ～ 2 次 / 周　　（4）≥ 3 次 / 周

h. 做噩梦

（1）无　　（2）＜1次/周　　（3）1～2次/周　　（4）≥3次/周

i. 疼痛不适

（1）无　　（2）＜1次/周　　（3）1～2次/周　　（4）≥3次/周

j. 其他影响睡眠的事情

（1）无　　（2）＜1次/周　　（3）1～2次/周　　（4）≥3次/周

如有，请说明：

6. 近1个月，总的来说，您认为自己的睡眠质量

（1）很好　　　（2）较好　　　（3）较差　　　（4）很差

7. 近1个月，您用药物催眠的情况

（1）无　　（2）＜1次/周　　（3）1～2次/周　　（4）≥3次/周

8. 近1个月，您常感到困倦吗

（1）无　　（2）＜1次/周　　（3）1～2次/周　　（4）≥3次/周

9. 近1个月，您做事情的精力不足吗

（1）没有　　　（2）偶尔有　　　（3）有时有　　　（4）经常有

睡眠质量得分（　　），入睡时间得分（　　），

睡眠时间得分（　　），睡眠效率得分（　　），

睡眠障碍得分（　　），催眠药物得分（　　），

日间功能障碍得分（　　），PSQI 总分（　　）。

检查者：

匹兹堡睡眠质量指数使用和统计方法

PSQI 用于评定被试者最近 1 个月的睡眠质量。由 19 个自评和 5 个他评条目构成，其中第 19 个自评条目和 5 个他评条目不参与计分，在此仅介绍参与计分的 18 个自评条目（详见问卷）。18 个条目组成 7 个成分，每个成分按 0～3 等级计分，累计各成分得分为 PSQI 总分，总分范围为 0～21，得分越高，表示睡眠质量越差。被试者完成试问需要 5～10 分钟。

各成分含义及计分方法如下：

A 睡眠质量

根据条目 6 的应答计分："很好"计 0 分，"较好"计 1 分，"较差"计 2 分，"很差"计 3 分。

B 入睡时间

1. 条目 2 的计分办法为："≤ 15 分钟"计 0 分，"16～30 分钟"计 1 分，"31～60 分钟"计 2 分，"≥ 60 分钟"计 3 分。

2. 条目 5a 的计分办法为："无"计 0 分，"< 1 次 / 周"计 1 分，"1～2 次 / 周"计 2 分，"≥ 3 次 / 周"计 3 分。

3. 累加条目 2 和 5a 的计分：若累加分为"0"计 0 分，"1～2"计 1 分，"3～4"计 2 分，"5～6"计 3 分。

C 睡眠时间

根据条目 4 的应答计分："> 7 小时"计 0 分，"6～7 小时（含 7 小时）"计 1 分，"5～6 小时（含 6 小时）"计 2 分，"≤ 5 小时"计 3 分。

D 睡眠效率

1. 床上时间 = 条目 3（起床时间）- 条目 1（上床时间）

2. 睡眠效率 = 条目 4（睡眠时间）/ 床上时间 ×100%

3. 成分 D 计分办法：睡眠效率"> 85%"计 0 分，"75%～84%"计 1 分，

"65%～74%"计2分，"＜65%"计3分。

E 睡眠障碍

条目 5b 至 5j 的计分办法："无"计0分，"＜1次/周"计1分，"1～2次/周"计2分，"≥3次/周"计3分。累加条目 5b 至 5j 的计分，若累加分为"0"则成分 E 计0分，"1～9"计1分，"10～18"计2分，"19～27"计3分。

F 催眠药物

根据条目7的应答计分："无"计0分，"＜1次/周"计1分，"1～2次/周"计2分，"≥3次/周"计3分。

G 日间功能障碍

1. 根据条目8的应答计分，"无"计0分，"＜1次/周"计1分，"1～2次/周"计2分，"≥3次/周"计3分。

2. 根据条目9的应答计分，"无"计0分，"偶尔有"计1分，"有时有"计2分，"经常有"计3分。

3. 累加条目8和9的得分，若累加分为"0"则成分 G 计0分，"1～2"计1分，"3～4"计2分，"5～6"计3分。

PSQI 总分 = 成分 A + 成分 B + 成分 C + 成分 D + 成分 E + 成分 F + 成分 G

评价等级：

0～5分　　　　睡眠质量很好

6～10分　　　睡眠质量还行

11～15分　　　睡眠质量一般

16～21分　　　睡眠质量很差

附录五

医疗诊断：

HB: g/L　白蛋白: g/L

Waterlow's 压疮危险因素评估表

项目	指标	分值
体形	中等	0
	超过中等	1
	肥胖	2
	低于中等	3
皮肤类型	健康	0
	Tissue Paper 干燥	1
	水肿	1
	潮湿	1
	颜色差	2
	裂开或红斑	3
性别和年龄	男性	1
	女性	2
	14岁～49岁	1
	50岁～64岁	2
	65岁～74岁	3
	75岁～80岁	4
	81岁以上	5
组织营养	恶液质	8
	心衰	5
	外周血管病	5
	贫血	2
	吸烟	1
控便能力	完全控制	0
	偶尔失禁	1
	大便或小便失禁	2
	大小便失禁	3
运动能力	完全	0
	烦躁不安	1
	冷漠的	2
	限制的	3
	迟纯的	4
	固定	5
食欲	中等	0
	差	1
	鼻饲流质	2
	厌食禁食	3
营养缺乏	糖尿病截瘫	4～6
	大手术或创伤：腰以下或脊椎手术	5
	手术时间大于2小时	5
药物	大剂量类固醇、细胞毒性药	4

指标			
（身高-105cm）/实际体重（kg）×100%	中等	超过中等	肥胖
	90～110	>110	>120
	低于中等		
	>80		

评估值: 10+分: 危险; 15+分: 高度危险; 20+分: 非常危险

根据 Wsterlow's 压疮危险评估表得分是_____分。估计病人住院期间是否会发生不可避免的压疮。

129

附录六

住院病人跌倒 / 坠床风险评估表

科　室：　　　床号：　　　姓名：　　　年龄：　　　性别：

住院号：　　　诊断：

当患者符合以下任何一种情况，直接勾选相应"□"，不用继续进行跌倒 / 坠床风险评分。

高跌倒 / 坠床风险（采取高跌倒 / 坠床风险预防措施）：

□住院前 6 个月内有＞ 1 次跌倒 / 坠床史

□住院期间有跌倒 / 坠床史

□患高跌倒 / 坠床风险疾病（如癫痫患者）

低跌倒 / 坠床风险（选择性采取预防措施）：

□患者昏迷或完全瘫痪（即完全无行动能力）

一、跌倒 / 坠床风险评分 : 在每类指标中选择合适的选项，再计算总分，如果某指标没有符合条件的选项，则计 0 分。

（要求：入院时常规评估；高跌倒 / 坠床风险每周续评 1 次；病情变化或必要时随时评估）

评分内容		评估日期							
年龄	60 ～ 69 岁								
	70 ～ 79 岁								
	≥ 80 岁								
跌倒 / 坠床史	入院前 6 个月，跌倒 / 坠床 1 次								
排泄（大便、小便）	失禁								
	紧急 / 频繁								
	紧急 / 频繁且失禁								

评分内容		评估日期					
药物	服用 1 种药物						
	服用 2 种及以上药物						
	24 小时内使用了镇静药物						
护理设备	1 种						
	2 种						
	≥ 3 种						
行动能力	移动 / 转运 / 行走需要辅助或监管						
	步态不稳						
	视力或听力受损，影响行动						
身体状况，临床表现	头晕						
	眩晕						
	直立性低血压						
	体质虚弱						
认知	定向力障碍						
	烦躁						
认知限制或障碍							
总分							

注：跌倒 / 坠床危险分级：6 ～ 13 分为中度危险；> 13 分为高度危险

二、预防措施：在相应选项后打钩（高跌倒 / 坠床风险病人必须采取以下有效预防措施，其他病人酌情选择）。

提高防范意识	1. 在病人床头放置"跌倒 / 坠床高危"的标志，各班交接						
	2. 向病人介绍病房环境						
	3. 向病人及家属宣教预防措施						
	4. 告知病人体位转移或行走时寻求护士的帮助						
	5. 告知家属需陪伴病人身边						
	6. 告知病人出现下肢无力 / 晕厥 / 眩晕时原地蹲下或靠墙，呼叫他人帮助并及时通知护士						
	7. 保证病床高度适中且已经固定，正确使用床护栏						
	8. 指导病人穿着合适的衣物和鞋子，以免绊倒						

（续表）

满足需求	1. 保证病人需要。协助病人的日常生活，如饮食、如厕（如厕时不反锁门）、洗漱							
	2. 经常巡视病房，早晨中午夜间重点看护，了解病人需求，及时发现潜在的危险因素和隐患							
指导使用器具	1. 指导正确使用呼叫铃及助行器，并放在病人触手可及的位置							
	2. 护士定期检查呼叫铃及助行器性能							
	3. 患者使用助行器行走时，有人陪伴，避免突然呼唤患者，以免分散期注意力							
指导用药	1. 告知病人/家属现用药物的不良反应及注意事项							
	2. 当病人使用降糖药物时，适当运动，饮食定时定量，随身携带糖果，避免低血糖的发生							
	3. 当病人使用降压药时，特别是扩血管药物，改变体位动作宜缓慢，预防直立性低血压							
环境安全	1. 保持病房光线充足，地面干燥，通道无障碍物							
	2. 指导病人使用病房、洗手间的扶手							
适当约束	1. 适当使用约束带							
	2. 运送病人的轮椅及平车须加安全带、护栏							
其他	嘱患者改变体位遵守平躺30秒、坐起30秒、站立30秒，再行走的原则							
	加强培训，制定发生跌倒坠床的处理程序							
护士签名								

附录七

卡普里尼静脉血栓栓塞症的风险评估表

VTE 高危评分（基于 Caprini 模型）			
高危评分	病史	实验室检查	手术
1分／项	年龄 41～60（岁） 肥胖（BMI ≥ 25） 异常妊娠 妊娠期或产后（1个月） 口服避孕药或激素替代治疗 卧床的内科患者 炎症性肠病史 下肢水肿 静脉曲张 严重的肺部疾病，含肺炎（1个月内） 肺功能异常，COPD 急性心肌梗死 充血性心力衰竭（1个月内） 败血症（1个月内） 大手术（1个月内） 其他高危因素		计划小手术
2分／项	年龄 61～74（岁） 石膏固定（1个月内） 患者需要卧床大于72小时 恶性肿瘤（既往或现患）		中心静脉置管 *腹腔镜手术（＞45分钟） *大手术（＞45分钟） *关节镜手术
3分／项	年龄 ≥ 75（岁） 深静脉血栓／肺栓塞病史 血栓家族史 肝素引起的血小板减少 HIT 未列出的先天或后天血栓形成	抗心磷脂抗体阳性 凝血酶原基因 G20210A 阳性 凝血因子 V Leiden 阳性 狼疮抗凝物阳性 血清同型半胱氨酸酶升高	
5分／项	脑卒中（1个月内） 急性脊髓损伤（瘫痪）（1个月内）		*选择性下肢关节置换术 髋关节、骨盆或下肢骨折 多发性创伤（1个月内）
得分			
危险因素总分			
注：1.每个危险因素的权重取决于引起血栓事件的可能性。如癌症的评分是3分，卧床的评分是1分，前者比后者更易引起血栓。2.*只能选择1个手术因素。			

（续表）

VTE 高危评分（基于 Caprini 模型）			
高危评分	病史	实验室检查	手术
预防方案（Caprini 评分）			
危险因素总分	风险等级	DVT 发生风险	预防措施
0～1 分	低危	＜10%	尽早活动，物理预防
2 分	中危	10%～20%	签署抗凝同意书，药物预防或物理预防
3～4 分	高危	20%～40%	签署抗凝同意书，药物预防或物理预防
≥5 分	极高危	40%～80% 死亡率 1%～5%	签署抗凝同意书，药物预防或物理预防

附录八

自理能力评估表

科室：　　　床号：　　　姓名：　　　年龄：　　　性别：　　　住院号：

日期	时间	修饰		洗澡		大便控制			小便控制			如厕			进食			总分	自理能力等级	签名
		自理（独立洗脸、梳头、刷牙、刮须）	需要帮助	自理（无言语指导能进出浴池并独立洗澡）	依赖	能控制	偶有失禁或昏迷（每周<1次）	失禁、昏迷或需要他人控制	能控制（包括独立导尿管）	偶有失禁（每24小时<1次，每周<1次）	失禁、昏迷或需要他人导尿	自理（独立出进厕所，用厕纸、保持平衡，穿脱裤子）	部分帮助（协作脱裤子、保持平衡，用厕纸）	完全依赖	自理（进食各种食物，使用任何用具）	部分帮助（切面包、夹菜、盛饭）	完全需要他人帮助			

（续表）

科室：　　　床号：　　　姓名：　　　年龄：　　　性别：　　　住院号：

日期	时间	穿衣	上下楼梯	床椅转移	平地行走	总分	自理能力等级	签名

穿衣：
- 自理（独立穿脱衣服、系纽扣、系鞋带、穿鞋）
- 一半帮助（正常时间内独立完成至少一半）
- 依赖他人

上下楼梯：
- 独立完成（可用辅助具，如手杖）
- 需要帮助（言语指导、身体帮助）
- 不能

床椅转移：
- 独立安全完成整个过程
- 需少量帮助（言语指导或身体帮助）
- 需大量帮助（1～2人身体帮助）
- 能坐起，完全依赖他人，如坐位无坐平衡

平地行走：
- 独立行走至少45米（可用辅助器，不包括带轮助行器）
- 需少量帮助步行45米（言语指导或身体帮助）
- 能行，但在轮椅上能独立行动45米
- 不能步行

136

附录九

疼痛评估表（外科）

床号：　　　姓名：　　　性别：　　　年龄：　　　住院号：

基本资料	入院日期：　　　　　　　　　　诊断： 手术日期： 手术方式：□开腹　□腹腔镜　□射频/微波　□介入 手术名称：									
	日期									
	时间									
	疼痛性质									
	A.刀割样痛　B.绞痛　C.胀痛　D.刺痛　E.压痛　F.烧灼样痛 G.钝痛　H.拉扯痛　I.其他（请注明）									
	疼痛部位									
	A.切口　B.腹部　C.胸部　D.其他（请注明）									
	疼痛原因									
	A.手术　B.管道刺激　C.换药　D.其他（请注明）									
	疼痛评分									
护理措施	非药物措施									
	①心理护理专业小组干预；②通知医师，继续观察；③遵医嘱使用镇痛药物；④卧床休息；⑤指导病人采取合理方法缓解疼痛，如转移注意力、腹式呼吸、松弛精神法、正念冥想、音乐疗法、沐浴等；⑥按摩；⑦观察镇痛效果及镇痛药物不良反应；⑧改变体位，适当运动/活动；⑨肢体制动/功能位摆放；⑩冷热敷；⑪及时发现可能诱发、缓解疼痛的各种因素；⑫保持环境安静、舒适；⑬镇痛泵的观察及指导									
	通知医生	□是 □否	□是 □否	□是 □否	□是 □否	□是 □否	□是 □否	□是 □否	□是 □否	□是 □否
	药物名称									
	用药方法									
	用药时间									
	复评评分									
	不良反应									
基本资料	入院日期：　　　　　　　　　　诊断： 手术日期： 手术方式：□开腹　□腹腔镜　□射频/微波　□介入 手术名称：									
	A.无　B.便秘　C.恶心　D.呕吐　E.尿潴留 F.过度镇静、嗜睡　G.消化性溃疡　H.肾功能损害　I.急性中毒　J.精神症状 K.皮肤瘙痒　L.皮疹　M.呼吸抑制　N.其他（请注明）									
	责任护士签名									

附：疼痛评估尺

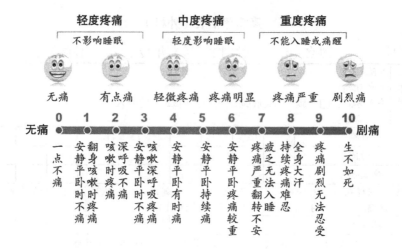

附录十

患者 PTP 评估工具

改良 Geneva（PE）	得分	Well（PE）	得分	Wells（DVT）	得分
年龄大于 65 岁	1	临床 DVT 症状及体征	3	肿瘤活动期	1
既往 DVT 或 PE 史	3	既往 DVT 或 PE 史	1.5	麻痹、瘫痪或制动	1
1 个月内手术或骨折史	2	4 周内手术成制动	1.5	近期卧床超过 3 天或 4 周内大手术	1
肿瘤活动期	2	肿瘤	1	沿深静脉走行的局部压痛	1
单一肢体疼痛	3	不能以其他疾病解释	3	小腿肿胀直径较对侧增加 3 cm	1
咯血	2	咯血	3	既往 DVT 史	1
心率 75～94 次／分	3	心率 ≥ 100 次／分	1.5	明显指压性水肿	1
心率 ≥ 95 次分	5			非曲张性同侧浅静脉扩张	1
下肢触痛或单侧肢体肿胀	4			非 DVT 的其他可能诊断	−2
低：0～3 分，中：4～10 分，高：≥ 11 分		低：0～1 分，中：2～6 分，高：> 6 分		低：0 分，中：1～2 分，高：> 2 分	

附录十一

术前气道风险评分

一、一般情况评分
以下各项分别记 1 分： □年龄 ≥ 75 岁 □吸烟史（吸烟指数 ≥ 800 年支；或吸烟指数 ≥ 400 年支且年龄 ≥ 45 岁；或吸烟指数 ≥ 200 年支且年龄 ≥ 60 岁） □肥胖（体重指数 BMI ≥ 28 kg/m^2）

二、健康状况评分
以下各项分别记 1 分： □术前 6 个月内曾行胸部放射性治疗 □术前 1 月内行化学治疗 □心功能不全（NYHA 心功能分级 Ⅲ 级及以上） □肝功能不全（Child-Pugh B 级及以上） □肾功能不全（CKD4 期及以上或者血肌酐 > 450 μmol/L） □卒中病史或脑功能障碍（误吸、肺炎高风险） □ECOG 评分 ≥ 2 分 □血栓 Caprini 评分高风险 □糖尿病 □中重度贫血

三、呼吸专项评分
以下各项分别记 2 分： □中重度阻塞性睡眠呼吸暂停（中重度打鼾）[a] □上呼吸道畸形或狭窄 □哮喘或者气道高反应性（AHR）[b] □咳嗽、咳痰病史（支气管扩张、慢性支气管炎、尘肺等） □慢性阻塞性肺疾病或肺间质性纤维化 □肺功能评估：中度以上肺功能障碍（FEV$_1$% 小于 60% 预计值）或六分钟步行试验 ≤ 425 m □呼吸衰竭（氧合指数 ≤ 300 mmHg）

a 中重度阻塞性睡眠呼吸暂停：呼吸暂停低通气指数大于 15 次/h，最低血氧饱和度 < 85%；中重度打鼾：鼾声响亮程度大于普通人说话的声音或者以至同一房间的人无法入睡。
b 符合以下 4 项中的一项则诊断为气道高反应性：（1）长期服用激素或抗过敏药物；（2）支气管舒张试验阳性；（3）登楼试验前后呼气峰值流量（PEF）下降 > 15%；（4）心肺运动试验（CPET）过程中出现干啰音或动脉血氧饱和度（SpO$_2$）下降 > 15%。

以上各项累计得分：

0～4分：低危组——肺部并发症低风险：常规进行术前心理辅导；术前、术后按需进行药物气道管理；术后常规进行物理及心理康复预防肺部并发症。

5～9分：中危组——肺部并发症中风险：完善支气管舒张试验、心肺功能试验（CPET）、呼气峰流速 PEF 等，进一步评估肺功能及排痰能力，必要时重新进行手术风险评分；术前、术后常规使用药物进行气道管理预防并发症；手术尽量减少创伤，缩短麻醉时间，进行有效镇痛；术后常规进行物理及心理康复。

10分及以上：高危组——肺部并发症高风险：术前、术后强化药物气道管理，严格气道管理；术中尽量减少创伤，严格液体管理及麻醉管理；术后强化物理和心理康复，严格进行疼痛管理。